Psyché

Pierre Louÿs

Psyché

ROMAN

Postface de Claude Farrère

Albin Michel

Collection « Bibliothèque Albin Michel »

22, rue Huyghens 75014 Paris

ISBN 2-226-04139-7
ISSN 0298-2447

Pierre Louÿs est né à Gand en 1870. Après sa rencontre avec le groupe des Parnassiens (il devait épouser, en 1899, la fille de José Maria de Heredia), il fonde en 1891 une revue, « La Conque », où il publie ses premiers vers, aux côtés de Henri de Régnier, Verlaine, Mallarmé et Paul Valéry. Grand amateur de littérature grecque érotique, il fait paraître en 1894 les *Chansons de Bilitis*, poèmes en prose qui inspirèrent à Claude Debussy trois compositions. Son roman *Aphrodite* est publié en 1896 et connaît un succès durable (il est adapté pour le théâtre lyrique en 1906). Paraissent ensuite un bref récit, *La Femme et le Pantin* (1898), et *Les Aventures du roi Pausole* (1901), une « fantaisie » que Jacques Ibert et Arthur Honegger allaient mettre en musique. Puis Pierre Louÿs se consacre presque entièrement à des travaux d'érudition, terminant cependant son grand poème *Pervigilium mortis*. Il meurt en 1925. Son dernier roman, *Psyché*, est publié en 1927.

PREMIÈRE PARTIE

I

LE PASSAGE D'EUPATORIA

« Monsieur Aimery Jouvelle, pourquoi ne me saluez-vous pas ?

— Madame, je vous demande mille pardons... Je ne vous avais...

— Pas vue ? Dans cet étroit passage. Vous m'avez regardée deux fois

— Je... J'étais distrait sans doute...

— Soyez franc... Vous avez détourné les yeux parce qu'on ne doit pas reconnaître une dame quand on la rencontre à dix heures du matin dans un quartier qui n'est pas le sien. Vous m'apercevez par hasard dans le passage d'Eupatoria... et vous passez... sans m'avoir vue... discrètement... Vous êtes délicieux ! »

Madame Vannetty regarda nerveusement le jeune homme, qui leva les bras à demi et les laissa tomber dans un geste de peine.

« Madame... en vérité... Vous m'attribuez des pensées tellement extraordinaires que je n'ai pas de mots pour m'en disculper et je serais impardonnable de chercher une défense... Comment vous portez-vous ? Je ne vous ai jamais vue plus jolie que ce matin. Cette robe grise à parements blancs est une merveille. De qui est-elle ? Ne me le dites pas : je l'ai deviné. Ah ! Madame, j'ai bien vivement regretté de ne pouvoir assister à la soirée de lundi où j'ai su que vous aviez fait une brève apparition vers dix heures. Aurai-je le plaisir de vous voir demain rue de Marignan ? J'avais l'intention de m'excuser, mais si j'étais certain que vous dussiez venir, je renoncerais à tout pour vous baiser la main.

— Il est étonnant !... Je vous laissais parler dans l'espoir que vous vous troubleriez en vous expliquant, et vous submergez la conversation sous un tel déluge de banalités... Est-ce que vous auriez la conscience tranquille ?

— Non.

— D'où venez-vous à une pareille heure et dans un pareil quartier ?

— Ah ! Je comprends maintenant pourquoi vous m'accusiez de soupçon !

— Répondez.

— Vous serez satisfaite. Je conspire. Les conjurés sont assemblés...

— Ici ?... Non, vous vous moquez de moi. Parlez sérieusement. Qu'êtes-vous venu faire si loin de la Madeleine ?

— Le Gouvernement m'a chargé d'une mission anthropologique chez les indigènes de Belleville.

— Voulez-vous être sérieux ou je vous bats ! Je vous ai vu sortir de cette maison noire, au coin du passage. Qui connaissez-vous là ?

— Une charmante enfant blonde et pâle, qui est autorisée par l'État à vivre de ses sourires.

— Il n'y a pas un mot de vrai dans ce que vous me racontez. D'abord la maison est habitée par des familles ouvrières dont je réponds et qui ne souffriraient pas la présence d'une de ces personnes au milieu d'elles. Ensuite, vous avez dîné hier chez le Général Fels et vous seriez encore en habit si vous n'aviez pas dormi chez vous. C'est un costume du matin que ce veston bleu, ce chapeau gris, cette... »

Elle recula de deux pas, et cria :

« Grand Dieu ! »

Un silence suivit, puis elle éclata de rire :

« Oh ! que c'est amusant ! Mon Dieu ! Que c'est drôle !... Venez, suivez-moi, vite sortons, je ne veux pas qu'on nous épie.

— Madame, je ne comprends pas du tout...

— La canne à tête de singe... C'est à vous ? C'est la vôtre ? Mais oui, et le veston, le chapeau, la cravate, le gilet, le pantalon, les bottines, tout ce qu'on m'a décrit. »

Prenant alors une intonation mélangée où l'on distinguait à la fois de l'ironie, de la tendresse, de l'indulgence et de l'emphase, elle articula solennellement :

« C'est vous qui êtes le Mécène du quartier Notre-Dame-de-la-Croix ! »

⁂

Aimery s'inclina sans se troubler :

— Je ne me connaissais pas de surnom aussi considérable, Madame... Vous dites ? Quel joli titre pour un jeune homme qui n'est ni attaché de cabinet, ni interne des hôpitaux, ni sous-lieutenant, ni vicaire. Le Mécène du quartier Notre-Dame de la Croix ! Quand on saura cela dans ma famille, mes oncles ne me diront plus que je ne suis rien ! »

Une femme qui passait les interrompit au milieu d'un fou rire qu'ils réprimèrent trop tard.

« Bonjour, madame Vannett. Bonjour, mon bon Monsieur !... Mais vous vous connaissez donc ?

— Non, fit Aimery. Je demandais à

Madame le chemin des Buttes-Chaumont.

— N'y a qu'à monter. Par la rue Piat, c'est le plus court... »

Dès que la femme se fut éloignée, le rire de madame Vannetty reprit de plus belle.

— Vous ne devinez pas sans doute pourquoi je m'amuse tant, mais j'étouffe. Venez... Ici, tout le monde sait qui je suis. Nous causerons un peu plus loin... aux Buttes-Chaumont si vous voulez, puisque vous en demandez le chemin.

Le passage d'Eupatoria et le passage Notre-Dame de la Croix sont deux sentiers fleuris du Vieux Ménilmontant, village à peu près inexploré qui s'étend de la rue de Belleville au Père-Lachaise. Les Parisiens dépassent rarement le faubourg Montmartre, plus rarement encore l'Ambigu dans leurs courses les plus lointaines, et l'on peut dire que la place de la République est l'extrême limite de leurs excursions. De là, il faut encore marcher très longtemps et traverser des quartiers étranges avant d'arriver à l'église dans l'ombre de laquelle les deux passages sinueux montent vers les Buttes.

Ils sont bordés de petits jardins, mais on ne saurait passer en automobile entre leurs vieilles grilles de bois. Ce sont des ruelles vertes avec quelques arbres fruitiers, des vergers pauvres, des fleurs jeunes enroulées aux piliers séniles. Les indigènes qui ont là leur foyer forment une tribu à part, qui ne descend jamais à Paris, pas plus que Paris ne monte à elle. Une atmosphère de silence et presque de félicité apparente se répand sur ce hameau de paysans parisiens avec l'effluve des pois de senteur et de quelques syringas blancs.

Quand madame Vannetty eut franchi le

dernier seuil, elle se retourna vers Aimery Jouvelle et lui dit :

« Imaginez-vous que je viens ici une fois par semaine depuis dix-huit mois. Ma famille s'est toujours intéressée aux pauvres de Ménilmontant ; je ne sais pas pourquoi on a choisi Ménilmontant plutôt que Vaugirard ou les Épinettes ; c'est une tradition chez les miens. Nous avons des renseignements complets sur les vrais pauvres, sur ceux qui méritent d'être soutenus, et nous les empêchons de souffrir dans la mesure de nos fortunes ; mais comme le quartier est très misérable et nos protégés très nombreux, nous ne donnons guère que des pièces blanches pour l'ordinaire de chaque secours, sauf les cas de maladie ou d'expulsion. Je me suis contentée de reprendre ici les habitudes de ma grand'mère avec deux de mes cousines et quatre amies qui donnent aussi leurs soins au quartier et rien ne distinguait l'un de l'autre nos petits mardis populaires, quand tout à coup nous avons découvert un inexplicable changement de situation chez quelques-uns de nos malheureux. Là où il n'y avait ni pain ni bois, nous trouvions des armoires à glace, des pipes d'écume, des montres d'argent, des bicyclettes, des jupons demi-soie, des machines à coudre, enfin tout ce qui fait le luxe à Ménilmontant, et nous avons fini par apprendre que dans les soupentes où nous laissions cent sous, un jeune homme inconnu passait après nous, qui distribuait des billets bleus. Son nom ? Il ne voulait pas le donner. Son adresse ? Encore bien moins. Son portrait ? Des cheveux ni bruns ni blonds, une moustache indécise, des yeux peut-être bleus, peut-être verts et pas de signes particuliers : retrouvez donc un inconnu parmi trois millions d'hommes avec un pareil signalement ! Le costume n'était guère plus caractéristique. La canne seule... Eh bien ! elle vous a livré, cette canne que vous agitez d'une main nerveuse depuis que mon réquisitoire vous ennuie. Ne le niez pas, vous êtes l'Inconnu.

— Je suis l'Inconnu, oui Madame, j'avais toujours rêvé d'être l'Inconnu, le jeune Homme masqué, l'Épée du Mystère, la Main d'Ombre, le Chevalier du Lac. C'était ma vocation depuis mon berceau. Craignez que je ne disparaisse brusquement au milieu de la rue Piat avec une imprécation blasphématoire dans une odeur d'acide sulfureux.

— Ecoutez-vous parler, je vous en supplie, et dites si je dois en croire mes yeux quand je vous rencontre un matin transformé en philanthrope dans un quartier de prolétaires ! »

Elle lui jeta un regard furtif et fut reprise

du même fou rire qui deux fois déjà l'avait agitée.

— Je ris, dit-elle enfin... parce que je ne peux plus m'empêcher de penser à la soirée de Lady Willowwood où je vous ai vu cet hiver. Vous étiez sorti le premier du fumoir pour retrouver les dames dans le grand salon. Dès que vous avez été là, le ton de la conversation est devenu quelque chose d'affreux. Vous avez la réputation de conter aux dames, surtout, les histoires qui ne sont pas pour elles, je ne pense pas que vous l'ignoriez ? Mais comme on prétend aussi que vous les dites très bien et que vous possédez l'art de les faire accepter, il est convenu que l'on peut rougir, mais non se blesser de vos récits. Vous en abusez cruellement. Ce soir-là, j'ai failli quitter la pièce.

— Je ne me rappelle pas du tout ce que j'ai pu dire.

— Il était question d'une boîte à rubans verts venue du Japon... Votre mémoire s'éclaire, n'est-ce pas ?... Un nécessaire de méditation pour jeunes filles rêveuses... Mais vous n'attendez pas que je vous le décrive à mon tour ?... Vous parliez dans un éventail pour ne pas être entendu par une belle personne qui feuilletait un album sur une table voisine : mademoiselle de Vieux-Cernay, que ses petites amies appelaient tout bas mademoiselle des Yeux Cernés pendant la mode des surnoms... Je l'observais tandis que vous parliez. Elle devenait rouge, puis blême, puis cramoisie. Elle n'a pas perdu un mot des abominables détails que vous nous avez laissé demander un à un, roué que vous êtes, comme si vous vouliez nous offrir la responsabilité du sujet et de ses développements. Ce soir-là, elle aurait donné plus que sa vertu pour avoir votre nécessaire. Si vous ne l'avez pas séduite le lendemain...

— Mademoiselle de Vieux-Cernay ? Mais on ne la séduit qu'en songe.

— Taisez-vous, vous dites des horreurs... Et quand je songe à cette courte scène, quand je vois au faubourg M. Aimery Jouvelle tentant les jeunes filles dévotes vers les péchés les plus mortels, et à Ménilmontant, le même M. Aimery Jouvelle distribuant des machines à coudre aux ouvrières laborieuses, cela me paraît si imprévu, si extravagant, si drôle...

— Et vous ne connaissez qu'un de mes secrets. Que serait-ce si vous saviez les autres !

—Ne faites pas de diversion. Vous êtes découvert et c'est moi qui vous ai pris.

— Pris par vous, Madame, je suis un lièvre trop heureux. Je demande à être dévoré. »

Madame Vannetty retroussa les lèvres et montra ses dents :

« Prenez garde ! »

Il fixa son regard sur elle avec une expression étrange, les paupières souriantes et la bouche fermée, un de ces regards par lesquels les hommes voient beaucoup plus loin que les femmes visées, plongent les yeux à travers tout un avenir très tendre, un avenir peut-être éternel, sur leur sein.

En cet éclair de songerie silencieuse, la pensée acquiert une rapidité extraordinaire, comparable à celle qui l'anime en rêve. Aimery regarda la jeune femme d'abord jusqu'au fond de l'esprit, par le bleu de ses yeux purs, larges et francs. Il la connut telle qu'elle était née. Puis il laissa errer son regard sur les cheveux blonds de ce blond véritable qu'on pourrait appeler le blond de France ; il admira le nez bien placé, la bouche fine et très douce à voir, les oreilles faites comme des chefs-d'œuvre ; puis sans aucune idée brutale ni même familière, mais se laissant aller au courant d'imagination qui l'entraînait, il dévêtit mentalement la jeune femme, ouvrit la robe, conçut la nudité longue et légère et toute blanche. Il se souvint des bras, des épaules, des seins qu'il avait vus un soir dans leur décolletage mais dont la grâce lui apparaissait pour la première fois par la pensée. Le corps charmant de madame Vannetty flotta un instant comme un songe auprès de sa réalité, puis disparut.

— J'étais amoureux de vous, Madame, dit Aimery, deux ans avant de vous rencontrer.

— Expliquez-moi ce miracle.

— Amoureux de votre prénom.

— De Psyché ?

— Psyché. »

II

L'AZUR

Le ciel de cette claire matinée était pur comme les yeux de Psyché Vannetty. Pour la première fois depuis six mois ténébreux, l'immense nuée grise et pâle qui plane sur Paris pendant le triste hiver s'était évanouie en clarté.

L'air était plus léger, les visages plus heureux. Une atmosphère limpide rajeunissait les rues. Des femmes passaient, en camisoles roses. Des gamins sifflaient des chansons. Toutes les fenêtres étaient ouvertes et les terrasses peuplées de buveurs. Une brise grandissante fuyait le long des joues, une onde si diaphane et si vierge qu'elle semblait tomber du ciel.

Dès qu'ils franchirent la grille du Parc :

« Oh !... » dit Psyché en levant la main.

Elle détourna sa tête longue, et avec un long geste circulaire qui désignait toute la nature, elle murmura dans un sourire extasié :

« Le Printemps. »

Aimery était devenu grave :

« Ce n'est pas lui encore. C'est déjà lui, fit-il. Voyez cette poussée de gazon qui verdit, qui monte, qui frissonne autour des arbres sans feuilles. Les résurrections sortent de la terre ; ces bois qui semblaient des bûchers redeviennent des êtres vivants ; les marronniers jettent des bourgeons énormes, grands comme des branches, visqueux comme des mollusques étirés hors de leurs coquilles, et verts comme toute l'Espérance. Ah ! la vigueur, la joie et la beauté de tout cela ! Jamais un jour d'été, si triomphal puisse-t-il être, ne m'enivre comme celui-ci. Hélas ! que c'est beau ! Quelle puberté joyeuse, quelle explosion de désir tout autour de nous !

— Et les oiseaux ! dit Psyché. Et les oiseaux ! Entendez-vous les oiseaux ! »

Elle tendit les mains.

« Par ce temps-là, je me sens redevenir jeune fille. Je voudrais jouer ici, courir dans les allées, me rouler sur l'herbe, tacher mes bas rouges et manger des fleurs. Marchons vite. Allons jusqu'à ce petit temple qui est au sommet du parc, sur la cime de l'île rocheuse. La couleur du temps est adorable, et là-haut nous serons à l'ombre au milieu de toute la lumière. Qui de nous deux y sera le premier ? »

Ils allèrent.

Le ciel s'agrandit.

Il était d'un bleu si profond que le paysage lui-même prenait une coloration italienne. Le ciel solaire ne peut se concevoir ni par le rêve, ni par le souvenir ; il est la splendeur, il donne aux yeux ouverts ce dont les yeux fermés ne savent retenir que l'éblouissement et le déclin. Aimery le regardait en marchant. Ce bleu de printemps était uni dans sa mémoire à d'inoubliables joies. Toutes, une à une, revenaient du fond du passé, renaissaient aussi vives, aussi fraîches que jadis, rouvraient leurs ailes, se mêlaient éclatantes à la grande clarté céleste, qui élargissait jusqu'à l'infini la coupe altérée du bonheur futur.

Lorsqu'ils furent arrivés au faîte, le ciel

tout entier les entoura, et comme un voyageur qui découvre la mer, Aimery s'arrêta et dressa la taille, dans l'ivresse de l'azur reconquis.

Psyché poussa un soupir.

« Le chemin s'arrête, dit-elle avec mélancolie. Ah ! mon espoir allait au delà ! ils me font mal ces instants de la vie où je me sens exaltée vers un but qui s'échappe et qui se métamorphose... Où est-il, le Printemps ? Où est-il, lui qui m'a tant émue quand je l'ai senti passer à travers les arbres et frôler mes cheveux ?... On frissonne, on part, on s'enflamme, on croit que la jouissance sera belle parce que le désir a été grand et le désir se meurt comme la mer sur le sable, l'eau vainement soulevée par le vent qui s'enfuit toujours plus loin...

— Que ne le suivez-vous ? dit Aimery. Que ne vous laissez-vous entraîner ? Le chemin ne s'arrête pas ici, vous le savez bien. C'est ici qu'il commence et qu'il vous attend ! Il est libre, il est à vous...

— Non, vous ne m'avez pas comprise. Ce chemin-là, je ne le suivrai pas.

— C'est le seul.

— Ne dites plus rien. J'étais sur le point de devenir votre amie sincère et vous allez me décourager.

— Il n'y a pas d'autre chemin dans les paradis terrestres.

— Vous vous trompez. Ou plutôt vous voulez me tromper, car vous savez mieux que personne qu'il y a d'autres voies à l'exaltation, puisque vous êtes poète. Tout n'est pas cela...

— Tout y prend sa beauté !

— Non. Et à l'instant vous ne pensiez pas ainsi. Votre émotion à l'entrée du parc, votre attendrissement devant les merveilles de la terre et du ciel, votre passion ce n'était pas de l'amour !

— Il s'en fallait de trois minutes.

— Vous êtes prompt. Je vous demande trois années pour en venir au point où vous en êtes et ne vous promets rien.

— Tant de colère pour une opinion sur les chemins du Paradis ?

— Ce premier réveil du Printemps est une heure que je ne puis vivre sans en être émue jusqu'au fond du cœur ; elle me bouleverse, elle me transporte ; mais cette aspiration s'adresse à tout ce qu'il y a d'inconnu au-dessus de nous, autour de nous, dans les parfums des bois, dans la lumière du ciel, dans le frisson divin qui m'envahit et que j'adore entre tous parce qu'il est mystérieux. Je ne sais ni d'où il me vient ni vers quel idéal sa force m'entraîne. Je ne le comprends pas. Je l'éprouve. Il m'est doux. Et quand je vous parle ainsi, vous traduisez : « Je vous aime ! »

— Vous avez dit : « J'aime ! » Ce n'est pas la même chose. Mais vous l'avez crié ! Qu'est-ce que l'Amour, grand Dieu ! si ce n'est pas ce que vous éprouvez ?

— L'Amour ! croyez-vous donc que je n'en sois point obsédée ! La vie de Paris permet-elle aux jeunes femmes de ne pas entendre au moins sa voix ? Je ne lui cède pas. Je ne lui cède jamais. En est-il moins hardi ?... Si vous pouviez sentir... C'est une persécution de tous les instants... Je dîne : la jambe d'un inconnu cherche la mienne, et s'en empare comme dans l'obscurité d'un lit. Je danse : c'est une main qui palpe mon corsage, une main faussement distraite ou étourdie, qui a l'air de n'y pas songer mais qui tourne, s'instruit, change de place, connaît ma hanche et touchera mon sein. Je m'assieds : un invité quelconque s'assied à mes côtés et me presse de toute sa personne. Il me parle à l'oreille, il me regarde de si près que mon décolletage lui appartient et tout de suite, c'est le : « Voulez-vous ?... Quel jour ?... demain ? » que mon danseur m'avait déjà dit et que mon voisin de table m'avait laissé entendre. Je sors dans la rue : c'est l'ignoble suiveur qui m'aborde et s'attache à mon ombre. Il ne me quittera plus ; je puis marcher vite, il presse le pas ; entrer dans une boutique, il entre avec moi ; changer de trottoir, il me précède ; retourner sur mes pas, m'enfuir, il est là, il est toujours là, il est sur mon palier quand je sonne à ma porte ! Ah ! l'horreur ! !... Et que vous dire de plus ? Les honteux attouchements subis dans les foules. Le souvenir plus honteux encore du mari que mon père m'avait donné... Voilà ce que l'amour a été dans ma vie... Il y a des soirs où je rentre accablée par le dégoût, par l'ennui et par... je ne sais quoi qui me fait fondre en larmes... car enfin nous avons des sens, si nous ne sommes pas sur terre pour leur obéir. Toujours résister, c'est de quoi devenir folle !... Alors j'essaye d'échapper à cette obsession. Je veux n'y plus penser. Je me ressaisis. La vie est si vaste et l'âme si vaillante ! Je prie. Je me donne à ces charités qui me font plus de bien qu'aux pauvres. Je me passionne pour un livre, pour un tableau, pour un site, que sais-je ? pour ce qui peut me faire oublier l'homme et son baiser dont je ne veux pas... Eh bien, poursuivit-elle d'une voix qui s'altérait, vous seul vous ne m'aviez jamais parlé d'amour... Je vous l'ai déjà dit sur un ton bien étranger à mes sentiments, mais j'ai des nerfs qui troublent toutes mes paroles ce matin... Vous seul vous m'aviez épargnée. Que je vous en étais reconnaissante ! Et ce n'est rien encore ! Le hasard me fait découvrir aujourd'hui un secret qui nous rapproche ; puis une même émotion nous transporte ensemble... Je vous souris... je vous tends la main... je crois enfin avoir trouvé un ami à qui je pourrai ouvrir mon cœur sans ouvrir pour cela mon corset... — Vous voyez que je vous dis tout. — Eh bien, vous aussi... vous aussi...

Les lèvres palpitèrent. Un frisson la parcourut de la tête aux genoux et avec un geste de faiblesse elle tourna la tête pour pleurer.

***

Aimery osait enfin comprendre. Il ne s'agissait pas de convertir Psyché aux sentiments qu'elle inspirait, mais à ceux qu'elle éprouvait avec l'intensité la plus vive, sans l'avouer et même sans le savoir.

Cette femme de vingt-quatre ans était absolument vierge de cœur. Son intelligence, sa finesse d'esprit, sa délicatesse d'âme et de pensée, loin de l'éclairer sur ses propres affections, l'avaient abusée au contraire ; et en matière d'amour elle raisonnait comme une enfant, capable d'ignorer elle-même qu'elle est folle de son cousin. Toute expérience passionnelle, toute éducation des sens manquaient également à son histoire. Ses troubles amoureux ou tendres se transposaient aussitôt en musiques intellectuelles, et elle ne les reconnaissait plus à travers leurs métamorphoses dans le murmure de ses rêveries.

Toujours en pleurs, elle s'était assise de côté sur le banc circulaire au delà duquel s'étendait l'horizon. Cet instant de défaillance avait brisé son attitude. Une femme qui se laisse aller à montrer ses larmes, renonce à toutes les coquetteries en perdant celle de ses yeux. Psyché ne se tenait plus du tout. Le col penchant, les épaules tombées, la taille molle, les mains à l'abandon, elle était là comme une pensionnaire qui a fini sa leçon de maintien. Sa robe n'était plus la même. Son chapeau semblait accablé. Son ombrelle glissante laissait pendre six longues coques mélancoliques.

« Psyché »... dit Aimery.

Et s'entendant nommer par son prénom, elle n'eut pas un mouvement de surprise.

Il chercha son regard.

« Psyché, ce n'est pas moi qui vous fais pleurer.

— Oh ! ce n'est pas vous.

— Ni personne ! C'est l'Amour lui-même que vous méconnaissez et qui est en vous.

— L'amour de qui, bonté divine ?

— De qui ? Mais vous dites des choses insensées ! Croyez-vous donc que l'Amour s'adresse à quelqu'un ? Est-ce que le printemps de ce parc est fait pour le jardinier qui l'arrose ? Est-ce que cet homme qui passe est né pour cette fille qui lui parle en extase, et s'il n'existait pas, n'aurait-elle pas aimé ? Vous ne savez pas ce que c'est que l'Amour et vous croyez lui échapper quand il vous tient tout entière.

— Que voulez-vous dire ? fit-elle sans force.

Il hésita un instant et reprit avec un sourire :

« Écoutez-moi. Vous connaissez la légende de Psyché, votre patronne ?

— Je ne savais pas qu'elle fût canonisée, sourit-elle vaguement.

— Psyché, comme vous, fut ravie par un adolescent mystérieux qui ne voulait ni dire son nom ni montrer son visage, et elle fut à lui sans savoir que cet inconnu était l'Amour.

— Le mien est plus mystérieux encore car rien ne m'avertit de sa présence. Mes larmes, dites-vous ? Si c'est lui qui me fait pleurer, j'aime mieux ne pas le connaître. Je me sens malheureuse ce matin comme je ne l'ai jamais été.

— Il nous donne assez de joies pour se permettre aussi de nous faire souffrir.

— Et quelles joies m'a-t-il données ? Je n'ai plus de mari si je puis dire que j'en aie jamais eu un. Je n'ai pas d'amant, je n'ai pas d'amis. Je vis seule, misérablement seule...

— Seule avec lui. Votre œil brille, c'est lui qui l'anime. Votre joue rougit, c'est lui qui la touche. C'est lui qui vous fait sourire et lui qui vous fait soupirer. Quelle que soit la pensée qui vous laisse émue, si vous frémissez, c'est qu'il est là. Quand vous écoutez les violons qui vous plaisent, vous aimez. Quand vous respirez le parfum qui vous attire, vous aimez. Quand vous admirez le couchant sur le fleuve, le jour sur la mer, le printemps dans la plaine ou l'automne dans les bois, c'est lui qui métamorphose toute la nature étrangère, la rend émouvante comme la passion humaine et l'accorde à votre passion. Il est le Sang merveilleux qui vous fait comprendre les murmures de la forêt avec la voix des oiseaux. Il est tout ce qui vous exalte au-dessus des réalités, tout ce qui vous entraîne au delà des rêves. N'essayez pas de le fuir, il est tout-puissant : il a plus que la joie et plus que la douleur dans les mains. Jamais il ne vous dit son nom, mais il est votre amant comme il est votre maître. Rien ne peut arrêter son approche ardente. Quand vous sentez en vous toute votre jeunesse qui gonfle votre sein et brûle vos lèvres, c'est lui qui vous transfigure ; et dans votre lit noir, entre vos bras, Psyché, quand vous avez éteint la dernière lumière, c'est lui qui vous écoute pleurer. »

Elle laissa tomber son visage dans ses doigts fléchissants. Il prit doucement l'autre main qui semblait couchée au creux de la jupe, et mit un genou sur le banc de pierre.

« Psyché, sentez-vous qu'il est là, entre votre main et la mienne ?

— C'est lui ? » murmura-t-elle.

Et une ondulation lente comme un soupir releva un instant sa taille inclinée.

Il reprit, toujours plus près d'elle et serrant l'étreinte de ses doigts :

« Comprenez-vous maintenant pourquoi je ne pouvais vous entendre quand vous nommiez l'Amour ce qui est le caprice, la basse galanterie, l'insolence tolérée, le flirt brutal et froid, tout ce que vous haïssez, tout ce que je méprise, et pourquoi vous êtes cruelle de m'avoir dit : « Vous aussi » ? Comprenez-vous qu'il y a entre nous un sentiment incomparable qui dépasse nos sens comme notre pensée, une émotion absolument pure, un courant d'énergie, de bonheur et de beauté que j'accueille de toutes mes forces parce que je me sens plus grand sous son influence, plus fier de vivre, plus digne de vous et parce qu'une telle joie vient à nous du haut d'un idéal si vertigineux que je respire en elle un souffle divin ? Voulez-vous...

— Par pitié, ne me demandez rien ! Je vous écoute : c'est tout ce que je puis faire. »

Elle sanglota brusquement, puis se ressaisit, et de ses deux mains fermées serra son mouchoir sur ses yeux.

Aimery lui prit les genoux et se pencha sur elle :

« Vous êtes libre de vous.

— Je ne suis pas veuve.

— Vous êtes plus libre qu'une veuve, car elle est liée à une mémoire ; plus libre qu'une femme mariée, car elle se doit à un mari ; plus libre qu'une jeune fille, car elle est soumise à des parents ou à des tuteurs. Aucune liberté n'est égale à la vôtre. Rien au monde ne peut vous retenir que vous-même.

— Ce serait assez.

— Quand l'Amour le voudra, ce ne sera rien, Psyché. L'Amour est plus fort que vous.

— Est-il plus fort que ma foi ? C'est elle qui m'a soutenue jusqu'ici contre tout. Je n'ai pas d'autre asile que le sien. Je vous en supplie, ne me le fermez pas. Que me resterait-il, si je ne l'avais plus ?

— Mais vous la garderez ! Qui parle de vous la ravir ? Votre foi vous a soutenue contre la débauche mondaine qui est une déchéance. Elle ne luttera pas contre l'Amour tel que vous l'éprouvez, tel que je le ressens, car l'Amour et la Foi ne sont qu'une même vertu, dont l'extase change de nom mais ne s'altère point. Entre Marthe et Marie vous ne choisissez pas Marthe, c'est votre foi qui vous le défend. Aimez, Psyché, vous êtes libre. Aimez à la face du monde, et cherchez dans l'Évangile un seul mot qui vous condamne ; ce mot-là, vous ne le trouverez pas.

— Vous m'épouvantez. Que voulez-vous de moi ? »

Elle le regardait enfin, de ses yeux agrandis par l'inquiétude, et son expression était telle qu'elle paraissait attendre plutôt un arrêt de mort qu'une parole d'amour.

Il lui dit nettement :

« Partir avec vous.

— Partir...

— Ce soir même.

— Je ne sais plus ce que j'entends... Je deviens folle... Vous voulez que je parte avec vous ?... Mais comment pouvez-vous penser...

— Entendez-moi. J'ai depuis deux ans une terre. Ce n'est pas celle qui me vient de mon père et qui est en Champagne ; c'est une autre, dans l'Ouest, à douze heures d'ici : un parc, des bois, des étangs, une rivière et un château qui est tout à fait isolé du monde. Le printemps naît là-bas quelques jours à peine après le nôtre. Comme si la machine à explorer le temps avait fait deux tours en arrière, nous revivrons sous un autre ciel cette matinée-ci que nous avons perdue parce qu'elle est venue trop tôt pour nous. Et ce nouveau printemps n'éclora que pour vos yeux.

— Vous rêvez !

— Je ne vous laisse pas parler. En vous quittant, je vais louer un compartiment dans le rapide de neuf heures. Je vous enverrai le numéro par bleu. J'arriverai à la gare ce soir une heure trop tôt, et vous quand il vous plaira.

— N'y comptez pas.

— L'auto suivra dans les bagages et nous amènera demain matin sur une terre où rien ne se fera que sous votre volonté, où je ne vous suivrai même que si vous le voulez bien. Vous m'avez dit tout à l'heure : Il y a d'autres voies à l'exaltation que celle des sens. Vous en déciderez selon le conseil du printemps. Nous avons compris aujourd'hui que les mêmes émotions nous frappent ensemble et que des choses éternelles nous rapprochent à travers la vie. Vous m'avez donné votre amitié : je ne prétends qu'à elle pour vous supplier de partir ce soir, de ne pas jeter nos destinées à tous les périls de l'espérance et de l'avenir inaccessible.

— Je n'aurai jamais d'amant. Je me le suis juré.

— Mon bonheur n'a besoin que de votre présence.

— Aux yeux du monde, ma présence ou mon amour seraient jugés par les mêmes mots. »

Le jeune homme bondit.

« Aux yeux du monde ! Voilà ce que j'entends de votre bouche à la fin d'une pareille scène ! Vous êtes jeune, vous êtes maîtresse de vous, toute la franchise est dans vos yeux toute la loyauté dans votre main, et vous me laissez croire que je vous entraînerais si madame X..., qui a eu dix amants, ne devait pas s'offusquer du vôtre ! Voilà le dernier argument que vous me réserviez, la barrière infranchissable derrière laquelle vous me répondez non ! Ce monde que vous méprisez, c'est à lui que vous cédez et non à votre cœur !

— Je suis brisée, dit Psyché.

— Saura-t-il même où vous êtes, ce monde espionneur et si mal renseigné sur les sujets dont il est le plus avide ? Une femme ne peut-elle quitter Paris pendant huit jours sans éveiller l'attention des gens ? Une semaine, je vous demande une semaine à vos pieds. Ensuite, je me tuerai ; le monde vous reverra.

— Mon Dieu ! Qu'avez-vous dit ! »

Elle s'était levée.

« Ah ! poursuivit-elle, tristement. Ah ! mon ami, vous le voyez. Cet amour qui naît à peine et dont vous me parliez comme d'une félicité, voyez ce qu'il nous coûte déjà : je suis en larmes ; vous songez à la mort. Est-ce là le chemin du bonheur ?

— Oui. »

Elle secoua la tête.

« Je n'en veux pas. Adieu, mon ami. Je penserai toujours à cette matinée que nous avons vécue ensemble ; mais vous, oubliez-la. Cela ne vous sera pas difficile. Votre souvenir en a perdu bien d'autres ; les sentiments des hommes sont si dispersés !... Oubliez notre rencontre et surtout ce que je vous ai dit, car je vous ai bien mal répondu. Je me sens tout à fait brisée... Ayez pitié de moi, laissez-moi partir... J'ai mis toute ma force dans ma résistance et je n'ai plus rien à vous dire, sinon que je vous tends la main... Ayez la charité de ne pas m'accompagner. »

***

Elle descendit le chemin tournant, suivit une allée au hasard... Sa tête se penchait alternativement sur une épaule et sur l'autre comme un poids trop lourd à porter. Elle passa lentement derrière un bouquet de lilas verts, reparut, franchit un pont, diminua dans le lointain. Sa robe grise se confondait presque avec la pâle brume qui azure Paris à toutes les heures du jour, mais Aimery ne voyait qu'elle au milieu des passants et des arbres. Quand elle disparut, ses yeux se fermèrent.

Alors il dressa les deux poings, agita ses cheveux, marcha en frappant la terre :

« Je suis fou d'elle ! se dit-il. Elle partira ! »

III

ARACŒLI

Aimery quitta le parc d'un pas rapide et alla rejoindre l'automobile qui l'attendait place du Combat.

Madame Vannetty lui avait nettement déclaré qu'elle ne le suivrait pas, qu'elle n'aurait jamais d'amant et qu'elle se l'était juré.

Un entretien qui se termine ainsi n'est pas toujours sans espoir, mais il n'indique pas non plus que la femme aimée va s'offrir à l'enlèvement le soir même. Douteuses pour l'avenir, les chances de succès étaient nulles pour la soirée. Néanmoins, Aimery ne semblait pas inquiet. En disant : « Je suis fou d'elle, elle partira », il établissait une relation logique entre les deux parties de la phrase, comme certains passagers disent ingénument : « Je voyagerai demain : il fera beau. » Tels sont les charmes de l'optimisme.

Il prépara donc ses dispositions en vue de ce départ que les plus aventureux n'eussent pas pris à cent contre un. Quelle heure était-il ? Midi vingt. Il dit au chauffeur :

« Gare d'Orsay ! »

Et prenant place dans le coin gauche de la voiture, il laissa la droite à Psyché invisible.

Quand on livre bataille, il faut avoir la nature pour soi et prendre pour allié le temps qu'il fait : c'est tout l'art de la tactique. Telle armée a été vaincue par la poussière et telle autre par la neige. Aimery avait le ciel pour lui ; non pas le ciel religieux qui exterminait les Amalécites, mais l'azur qui fait tant pour jeter les amoureuses dans les bras des jeunes premiers. Par une matinée comme celle-là, il était convaincu que la résistance des femmes ne pouvait durer et que si l'on avait le bonheur de se trouver sur leur passage, le temps de les assiéger, l'ardeur de les convaincre, elles avaient cédé d'avance. Il avait dit à Psyché : « Vous déciderez selon le conseil du printemps », et en lui-même il ajoutait : « J'ai un allié si redoutable que vous ne pouvez rien contre lui. »

Avec une extraordinaire confiance il entra donc à la gare et loua un compartiment de wagon-lit dans une voiture de la Compagnie. De là il se rendit chez un fleuriste où il commanda, pour le soir, des lilas blancs, des roses de Nice, des anthuriums et des hydrogéas. Puis il se fit conduire chez lui, car il fallait maintenant écrire à Psyché le plus tôt possible, et d'abord chercher son adresse. Il ignorait même où elle demeurait.

Lui écrire ! Son cœur bondit. La première lettre, la source, l'origine de cet avenir inconnu, l'enveloppe qui serait toujours au sommet du paquet de lettres, sous le nœud de rubans et qu'on rouvrirait par la suite avec le plus d'amour ou le plus de haine, en disant : Tout est venu de là !

Et quelle œuvre difficile ! Donner l'heure du train, le numéro de la voiture, la lettre du compartiment, le nom de la station, quoi encore ? des conseils pour l'enregistrement des bagages ! et harmoniser cela sur un thème de passion par des artifices de contrepoint ! Écrire dans un style si bien équilibré que Psyché n'y trouvât ni une assurance qui pût l'offenser, ni un doute qui la fît hésiter elle-même et peut-être s'abstenir ! Que de délicats périls dans cette page ardente !

L'automobile s'engagea dans la silencieuse rue d'Aguesseau, franchit la grille d'un jardin et s'arrêta devant un escalier double.

Aimery montait déjà les marches de sa maison quand le valet de chambre descendit à sa rencontre.

« Monsieur... Madame est là.

— Madame ?

— Depuis une demi-heure, Monsieur.

— Quel jour sommes-nous donc ?

— Mardi, Monsieur.

— Mardi ?... C'est vrai. Elle déjeune. J'avais complètement oublié. Où est-elle ?

— Dans le boudoir de Madame, Monsieur.

— Elle s'impatiente ?

— Non, Monsieur. Madame joue avec le singe

— Bien. Je ne monterai que dans dix minutes, j'ai une lettre à écrire dans mon cabinet. Si Madame me demande, vous me préviendrez. »

⁂

Deux années auparavant, Aimery était revenu d'Égypte, bien après la fin de la saison, sur un paquebot presque désert. Le hasard le mit à table auprès d'une jeune fille étrange qui avait le teint d'une mulâtresse et les traits presque européens : le nez délicat, les yeux allongés.

Ces yeux-là séduisirent Aimery dès qu'il eut croisé leur regard. Entre leurs paupières nuancées dont les bords étaient naturellement noirâtres, ils souriaient d'un sourire très tendre, humide, effilé en arc et si voluptueux qu'ils semblaient toujours murmurer le merci du plaisir suprême.

Les cheveux noirs étaient abondants et légers, les sourcils et les cils très longs, les lèvres foncées, le col fin. Une petite ouverture perçait la narine droite.

Après le dîner, Aimery suivit la jeune fille sur le pont. Ils causèrent.

Elle était née à Pondichéry, d'un père philippin et d'une mère hindoue, l'un et l'autre de sang mélangé. Il y avait de tout dans son ascendance à la fois dravidienne, hindoue, espagnole, arabe et malaise ; certaines colorations natives laissaient à ses longs doigts leur stigmate nigrescent. On la nommait Aracœli.

Aracœli parlait deux langues, le français et le tamoul, et professait deux religions, ce qui est beaucoup à une époque où tant d'honnêtes filles n'en ont aucune. Tandis que son père lui apprenait le catéchisme catholique, sa mère l'avait instruite à ne pas mépriser les dieux de son pays, et comme dans toutes les conjonctures, la jeune fille priait à la fois Notre-Dame et Parvâti, elle les remerciait ensemble des biens obtenus, pensant que la Vierge et la Déesse unissaient leurs puissances divines pour sourire à ses vœux et les mieux exaucer.

Devenue orpheline, elle allait à Estremadure accompagner sa tante paternelle qui voulait voir avant de mourir la *tierra bendita* de ses lointains ancêtres ; mais cette tante avait le mal de mer, et ne pouvait quitter sa cabine, circonstance qu'Aimery ne manqua pas de considérer comme heureuse et qui l'eût sans doute converti aux cent dieux du Coromandel s'il l'avait due à ses prières.

Ébauché dans la soirée, le flirt recommença dès lendemain matin et fit les progrès les plus rapides. Aracœli, élevée à l'écart, mais amoureuse et nonchalante, n'avait ni le talent ni l'envie de se défendre contre le premier homme qui eut l'occasion de lui plaire. Vers trois heures elle se laissa persuader qu'il y avait trop de vent sur le pont et que la cabine 44, choisie entre deux cabines vides, se prêtait mieux à l'entretien. Ce fut là qu'en vue des rivages de Crète, Aracœli donna tendrement, sinon le cœur même de sa virginité, au moins ses approches et le spectacle confidentiel de son enchantement sous les caresses.

Quatre jours plus tard elle arrivait rue d'Aguesseau après avoir oublié sa tante à Marseille. L'apparition de cette curiosité anthropologique dans le quartier de la Ville-l'Évêque fit quelque bruit. On prétendit qu'Aimery Jouvelle avait acheté une maîtresse au Jardin d'Acclimatation : qu'elle avait un anneau dans le nez, un pagne de verroteries, et je ne sais quelles autres sottises. Aracœli n'était pas si foncée que la chronique voulait bien le dire.

Une heure après son arrivée, lorsque au sortir du bain elle se montra nue comme ses dieux l'avaient faite, Aimery lui dit qu'elle ressemblait à un chat de Siam : la robe fauve et quelques détails noirs. Sa couleur était le havane clair, ou plus exactement le ton Broca N° 29, pour parler le langage des ethnologues. Et la douceur de ses formes, le velouté de sa peau, la souplesse de son jeune corps, tout cela était si charmant qu'Aimery devint encore plus amoureux de l'ensemble qu'il ne l'avait été, sur le paquebot, des morceaux choisis.

Aracœli, d'ailleurs, ne se trouvait bien que nue. A force de naturel et d'indifférence, elle en vint lentement à faire accepter par Aimery lui-même qu'elle se présentât devant tous ses domestiques et parfois devant ses amis sans autre voile qu'une perle fixée à l'indienne sur la narine droite.

Ce n'était pas qu'elle entendît séduire personne : jamais concubine plus fidèle ne partagea le lit d'un honnête homme. Sa mère n'avait cessé de lui répéter pendant son enfance que l'homme, si docile tant qu'il est aimé, devient affreusement cruel quand il est jaloux. Aracœli avait beaucoup d'appréhensions et peu de curiosités. Et puis son amant lui plaisait. Elle l'aimait avec calme et patience, mais sans feinte aucune. Dans le petit hôtel voisin où Aimery l'installa bientôt avec deux femmes de chambre et une cuisinière pour toute maison, elle eut souvent l'occasion, jamais le caprice de le tromper.

Elle fit mieux encore : elle savait aussi par sa mère que le plus sûr moyen de s'attacher les hommes n'est pas de les astreindre, et que la favorite risque moins à tolérer les cent femmes du harem qu'à régir strictement ces longues fidélités viriles dont la rupture est toujours dramatique et souvent irréparable. Elle dit donc à Aimery, de sa très douce voix, que sa constance ne demandait pas à être payée de retour, qu'il était libre de lui donner des rivales, libre même de les lui présenter, et qu'elle l'aimait trop sincèrement pour ne pas être heureuse avec lui de toutes les voluptés qu'il goûterait sur leur sein.

Aimery profita rarement de la permission qu'elle lui donnait. Ses velléités ne le conduisaient guère au delà du premier essai. La jeune Hindoue n'était pas ennemie de ces petites expériences qui se terminaient toujours si bien pour elle, et flattaient secrètement ses vanités intimes. Il lui était doux d'être aimée, il lui fut plus doux de se voir préférée. Ses charmes étaient désormais à l'épreuve des comparaisons, et quand Aimery revenait dans ses bras après une fugue interrompue, elle l'accueillait avec une petite mine ironique, indulgente et presque maternelle, comme si elle l'eût plaint, le pauvre enfant, d'avoir mal dormi en voyage.

⁂

La lettre à Psyché ne fut accomplie qu'après une demi-heure de peines. Il était deux heures moins dix quand son auteur entra enfin dans le boudoir de « Madame ».

Aracœli était assise toute nue dans le tiroir supérieur de sa commode Empire et semblait être la Léda du grand cygne de cuivre jaune qui s'éployait à la serrure. Le corps incliné, les jambes pendantes et les mains jointes en avant, elle faisait sauter une orange suspendue à une jarretelle pour exaspérer son singe Tarquin.

« Qu'est-ce que tu fais là ? »

Elle pencha la tête sur l'épaule, prit son petit sourire d'enfant, si affectueux et si gai, et comme une petite fille prise en faute, elle dit timidement :

« Je joue. »

Ils s'embrassèrent.

« Je suis bien en retard, chérie.

— Mais non. »

Elle ne savait jamais l'heure, déjeunait deux fois ou ne prenait rien, dormait douze heures ou passait la nuit blanche ; tout lui était indifférent.

Toutefois elle demanda .

« Fais servir dans ma chambre, la salle à manger est si loin. »

Puis, comme il venait de s'étendre sur le divan large, elle y courut, s'accroupit auprès de lui et posa la tête sur sa poitrine.

« Sais-tu où j'ai été hier soir ? Au Cirque. Je me suis amusée comme une folle. Il y avait des éléphants habillés en nourrices et qui jonglaient avec des pompiers (mais c'étaient des clowns, tu penses). Ah ! qu'ils étaient drôles !... et que j'ai ri... Ça ne t'amuse pas, ces choses-là, mon chou ; moi c'est ma joie. Après, j'ai été dans les écuries, le cornac a vu tout de suite que j'étais de là-bas ; nous avons parlé tamoul. Il m'a dit qu'il n'était pas digne de me faire l'amour et que son humilité lui sauvait la vie, car il n'aurait jamais pu baiser ma bouche sans mourir. Je lui ai dit que j'avais pourtant un amant qui faisait son plaisir de toute ma personne et qui ne mourait dans mes bras que pour renaître toujours plus beau. Il m'a répondu : « *Alors, c'est un dieu.* » Il avait raison, mon Aimy. »

Elle lui prit la tête entre ses mains et le baisa longtemps pour l'empêcher de parler.

« Ensuite je suis rentrée, et dans la nuit Marozie a eu cinq petits chats, la malheureuse ! Elle était venue dans ma chambre ; elle ne voulait plus me quitter, parce qu'elle sentait bien que c'était proche. J'ai été obligée de l'accoucher, elle criait comme une femme, c'était la première fois. Et si tu l'avais vue, elle était si touchante. On aurait dit qu'elle savait d'avance tout ce qu'il fallait faire et les soins à donner. Dès que le premier né est tombé sur la ouate... Mais tu ne m'écoutes plus. A quoi penses-tu ? »

Avec son sourire indulgent et doux, elle l'examina en maîtresse clairvoyante pour qui le visage de l'amant ne peut plus rien dissimuler.

« Aimy, tu m'as été fidèle la nuit dernière, mais tu vas me tromper ce soir.

— Tu en es sûre ?

— Oh ! oui.

— Je n'en sais pas tant.

— Alors, c'est qu'elle t'a dit non... Mais tu espères bien qu'elle a pensé oui. »

Il ne répondait pas.

Aracœli s'assit toute droite sur les talons comme une esclave égyptienne ; et du ton le plus gentil, sans un reproche, sans une amertume dans la voix, à peu près comme elle aurait dit : Comment puis-je te faire plaisir ? elle chuchota, les yeux vers lui :

« A quelle heure veux-tu que je m'en aille ?

Brusquement attendri, et un peu honteux, Aimery se redressa, la prit par les épaules, la regarda dans les prunelles...

« Cœlia, dit-il d'une voix affectueuse, y a-t-il au monde un cœur plus charmant que le tien ? Sais-tu que si je voyais la moindre tristesse au fond de ces yeux-là, je resterais à tes pieds ?

— Mais je ne suis pas triste ! Tu es dans mes bras. »

Et elle lui souriait, consciente de sa force.

Jamais plus elle ne l'attirait au moyen des vices qui lassent, qui rebutent et finissent par éloigner. Elle le retenait par une certaine influence primitive, un charme simple et nu qui émanait d'elle et qui suggérait sans cesse à l'esprit et à la chair le goût de la jonction ardente. Aimery avait connu des femmes dont le seul aspect physique éveillait le désir de toutes les perversités et qui s'y prêtaient avec rage, comme la Bordelaise d'Ausone, « de peur de mourir avant d'avoir tout éprouvé ». Aracœli n'avait pas été moins docile ni peut-être moins curieuse, mais dans ses bras l'amour était d'autant plus beau qu'il était aussi plus pur, et elle mettait enfin tant de jeune grâce à l'offrir, tant de sensualité à le recevoir, tant de reconnaissance à le partager, que dans l'étreinte de ses jambes si douces toute la volupté était une tendresse.

« Tarquin ! Veux-tu me laisser tranquille ! »

Le singe s'était emparé du ruban de soie auquel l'orange ennemie était suspendue. Il avait le sens du talion. C'était tout son instinct de justice. Malaisément assis dans un tiroir d'acajou rose qui dominait la niche du divan-étagère, il imitait comme un acteur la posture qu'Aracœli avait prise pour le tourmenter, et lui rendait de point en point le traitement qu'il avait reçu d'elle.

« Tarquin ! Si j'attrape ta queue ! »

Mais Tarquin ne se laissait pas prendre. D'un bond, il fut dans les rideaux, se hissa au cordon de tirage et se gratta le ventre sur le baldaquin en laissant pendre son orange comme un pompon ornemental.

Elle le poursuivait. Il descendit un peu, pour la narguer de plus près. Elle leva le bras : l'orange lancée la toucha au poing et remonta dans les pattes du singe.

« Je ne joue plus », dit Cœli.

Et elle fit semblant de pleurer, puis éclata de rire : Tarquin victorieux mettait fin au combat en épluchant son projectile que seule une soif de vindicte l'avait empêché de dévorer plus tôt.

Le déjeuner, d'ailleurs, était servi, non seulement pour Tarquin, mais pour ses adversaires. Aimery allait quitter le divan quand la petite esclave y sauta, légèrement, sur les deux genoux, et dit en se pelotonnant contre son maître :

« Dis-moi d'abord... Comment s'appelle-t-elle ?

— Qui donc ?

— La dame que tu as vue ce matin... ? avec qui tu as rendez-vous ce soir... ? Tu ne te rappelles plus ?

— Aracœli.

— Mais non. Aracœli s'en va dans une heure. Elle dormira dans sa chambre, seule avec Marozie qu'il faut encore soigner, la pauvre petite chatte... Parle-moi de la dame... Elle est jolie ? Est-ce qu'elle me ressemble ? J'espère que non...

— Pas du tout.

— Elle est blonde, dis ?

— Oui, elle est blonde. »

Elle lui mit les bras autour du cou.

« Oh ! tu es gentil ! Embrasse-moi. »

IV

PSYCHÉ DÉSEMPARÉE

Psyché Vannetty était prête à s'évanouir quand elle rentra chez elle, ferma la porte de sa chambre et se jeta sur son lit, le visage dans les mains.

« Toujours résister, c'est à devenir folle ! » avait-elle dit pendant la scène épuisante qu'elle venait de subir. Et cette phrase de sa bouche se répétait constamment à ses oreilles, comme prononcée par une autre voix.

Toujours résister ! toujours se heurter à ce désir de l'homme et lutter contre lui, contre soi, contre tout! Mon Dieu! pensait-elle, je n'ai aucun mérite à n'être ni larronne ni meurtrière, je n'ai pas en moi d'instinct qui me pousse à dépouiller ou à tuer mon semblable et je ne rencontre pas à tous les coins de rue des gens qui me disent mystérieusement : « Tiens ! prends ! ceci est sous ta main, personne ne t'observe, tu n'as rien à craindre ! Tue ! Cet homme est sans défense, voici l'arme, on n'en saura rien ! » Mais dès qu'il s'agit de l'amour, c'est la tentation acharnée ! « Débauche-toi ! tout est prêt pour ta chute, le rez-de-chaussée, le château lointain, choisis, j'ai tout prévu. Si tu pars, voici ton billet, l'auto suivra dans les bagages. Débauche-toi, cela restera secret. Ni scandale, ni grossesse, tu ne risques rien ; et si même on te surprend nul ne te tiendra rigueur ; c'est admis par les mœurs du temps, permis par les lois du monde. Regarde-moi, je suis la Jeunesse, je suis la Luxure et la joie ! » Et j'entends cela tous les jours de ma vie et quelque pas que je fasse, un amant m'assaille, et quand je le repousse, quand je prends tout mon courage pour me sauver de lui, je découvre que cet homme a un allié juré, qui est là, dans mon cœur, dans ma chair et mon sang et qui me crie : « Suis-le ! Suis-le ! »... Mon Dieu ! Je n'ai plus de forces...

Sur ces mots elle sentit réellement tomber les derniers restes de son énergie. La volonté nerveuse encore serrée à ses tempes se détendit comme une corde lasse de vibrer sans fin sur le vide. Une onde faiblissante et subtile parcourut le corps de Psyché. Le calme la prit et dans la lumière du matin Aimery apparut sous ses paupières fermées.

Elle l'imagina tristement, comme on songe à une terre promise à la fois et défendue. Partir avec lui, c'était une rêverie, elle ne partirait pas, elle le savait bien ! Mais puisqu'il n'était plus là, puisqu'elle avait pu lui échapper, il y avait moins de péril à rencontrer son ombre dans le parc aérien du souvenir...

Il lui avait dit de l'Amour : « N'essayez pas de le fuir, il est tout-puissant, il a plus que la joie et plus que la douleur dans les mains... Psyché ! sentez-vous qu'il est là, entre votre main et la mienne... »

Hélas ! elle lui pardonnait tout, depuis qu'il n'était plus à craindre. Et de quoi lui en voudrais-je ? pensait-elle ; nos mains se sont touchées, rien de plus, je n'ai eu à me défendre que de sa voix, il n'a pas cherché mes lèvres, il ne m'a pas suivie quand je m'en suis allée... Mais quelle voix ! et quels yeux sur les miens... Je n'osais plus trouver son regard...

Puis, les moindres détails de cette heure si grave revenaient en désordre à sa mémoire... Sur la pierre, à côté d'elle, un inconnu avait oublié un journal que le vent soulevait toujours dans le même sens et qui retombait comme une aile grise sans pouvoir franchir le dossier du banc... Il y avait ensuite une colonne cannelée couverte d'initiales et d'inscriptions tendres... puis un arbrisseau dont un seul bourgeon commençait à s'ouvrir et qui frémissait de sa petite feuille verte, juste au-dessus de l'horizon, perpétuellement... Loin au delà, on voyait des fumées immenses traîner sur Paris au-dessus des deux gares... et plus loin le Sacré-Cœur tout blanc, avec ses coupoles de mosquée...

Pendant qu'Aimery lui parlait, elle regardait sans cesse le cachet d'une bague qu'il avait à la main gauche ; elle essayait de lire deux mots qui étaient gravés dans l'or... Il lui avait dit : « Vous êtes libre de vous. » Et à cet instant la bague surprise par le soleil était devenue éblouissante.

« Qu'y a-t-il ? »

On avait frappé. Psyché s'accouda sur le lit. La femme de chambre annonçait une visite, madame de Jaulgonne, au petit salon, mais le déjeuner était servi. Madame voulait-elle recevoir madame de Jaulgonne dans la salle à manger ?

« Non, je ne déjeunerai pas, dit Psyché. Faites entrer ici. »

Elle passa dans son cabinet de toilette, répara mollement sa coiffure, se poudra d'une main vague et indifférente...

« Bonjour, Lotte », dit-elle en rentrant.

Madame de Jaulgonne marcha vite à elle :

« Qu'est-ce qu'on me dit, Nichette ? tu ne déjeunes pas ? Tu es souffrante ?

— Ce n'est rien, chérie, j'ai mal aux nerfs.

— Tu as une mine affreuse, ma petite, regarde-toi. Qu'est-ce qu'on t'a fait ?

— Rien.

— Quelle plaisanterie ! Dis-moi la vérité. Un malheur ? Une triste lettre ? des nouvelles de ton mari ?

— Quelle idée, Lotte ! comment peux-tu... ?

— Alors quoi ? des pertes d'argent ? des ennuis de domestiques ? un médecin qui t'a inquiétée ?... Il y a quelque chose, enfin ! Je ne t'ai jamais vue si pâle... Tu souffres, c'est clair comme le jour ! »

Psyché fit un geste évasif. Madame de Jaulgonne poursuivit :

« Tu n'as pas le droit de souffrir seule quand je suis là pour te soutenir et pour t'aider de toutes mes forces. Que se passet-il dans ta vie ? Une passion peut-être ? »

C'était une personne essentiellement franche, à qui sa franchise avait valu des inimitiés célèbres et quelques sympathies à l'épreuve de tout. On la savait également incapable d'articuler un compliment qu'elle ne pensât point et d'exprimer une opinion qui ne fût pas nettement la sienne. Psyché aimait sa voix rapide, son geste dégagé, ses yeux qui semblaient toujours dire aux gens : « Si ce n'est pas votre avis, je m'en moque ! » et elle n'avait pas d'amie plus sûre que cette libre femme ronde et vive moins encline aux embrassades que fidèle aux serrements de main.

Les deux amies se regardèrent fixement.

« Charlotte, je ne *veux* pas être amoureuse.

— Miséricorde ! Voilà ce que je craignais ! Faut-il que tu sois folle de lui pour me dire une phrase pareille !

— Je ne le *veux* pas. Je ne le *serai* pas.

— Mais tu es amoureuse à périr, ma pauvre petite ! amoureuse comme une pensionnaire ! Voyons, qui est-ce ? René Marcenay ? Jean de Sarens ? Aimery Jouvelle ?... Oh ! c'est lui, n'ajoute rien, ton visage le nomme assez. Tu l'as bien choisi, Nichette, il est délicieux.

— Je ne l'ai pas choisi, soupira Psyché, je le repousse de toute mon âme.

— Et depuis quand le... repousses-tu ? Je vous ai vus ensemble mercredi soir chez ma tante de Horges ; vous n'aviez pas l'air de vous chercher ni de vous fuir ! Jamais je ne me serais doutée des tragédies que vous jouez ensemble.

— Il s'est déclaré ce matin. Et il veut m'enlever ce soir !

— Ah ! il est vif, ton flirt ! dit Charlotte suffoquée.

— Je suis encore assez forte, grâce à Dieu, pour résister à une invitation de ce genre, mais la scène que j'ai eue me laisse épuisée... Je ne me reconnais plus... Je doute de moi, sinon pour le présent, au moins pour l'avenir... Tu sais ma vie, Charlotte, je n'ai rien dans mon passé. Ce que je te dis là, je voudrais me le répéter le jour de ma mort, garder ma fierté jusqu'au bout. Elle est ma seule joie. Si je la perdais, il me semble que tout serait en ruine autour de moi... Charlotte, j'ai besoin de ton amitié ! Soutiens-moi, parle-moi, je ne veux pas déchoir, ni à tes yeux, ni aux miens ! Ah ! je suis une bien pauvre Psyché, qui n'a plus confiance en elle ! »

Elle laissa tomber les bras d'un air égaré.

La réponse fut prompte :

« Il faut tenir bon mais il faut savoir pourquoi. Si tu mêles les mauvaises raisons avec les bonnes, le jour où tu t'apercevras qu'un de tes arguments ne vaut rien, tous les autres s'écrouleront comme des châteaux de cartes. Tu as parfaitement le droit de prendre un amant si cela te fait plaisir et ne t'imagine pas que j'en serai scandalisée. J'apprendrais que M. Aimery Jouvelle a passé la nuit chez toi...

— Charlotte !

— ... Ou l'heure du thé, si tu aimes mieux... eh bien je resterais ton amie, j'ai le regret de te le dire puisque cela t'étonne. Tu lui résistes, je t'approuve ; si tu lui cèdes je te comprends. Et ne va pas te mettre en tête que tu es « déchue » à mes yeux quand tu ouvres tes bras à l'homme que tu aimes...

— Charlotte !

— Cela ne me regarde en aucune façon et cela ne regarde personne. Tu me parais craindre aussi l'opinion du monde : assurément le monde en sera curieux, mais il ne s'en mêlera pas, tu peux être tranquille. D'ailleurs, ton secret t'appartient, et tu peux le lui cacher bien plus facilement que tu ne sembles le penser, à moins que M. Jouvelle lui-même... Mais je le crois trop galant pour être fat. Si pourtant le monde l'apprenait, le potin courrait de bouche en bouche, on l'accueillerait comme les mille nouvelles dont on parle sans être sûr et les maîtresses de maison auraient soin de s'en souvenir, soit pour ménager l'un en présence de l'autre, soit pour vous inviter ensemble avec une discrète sympathie pour vos affaires sentimentales... Franchement, je ne vois pas d'autres suites possibles au scandale mondain qui te fait pâlir d'avance, ma chère amie, et que tu serais la seule à prendre au sérieux.

— Mais le mépris des gens ! leurs regards ! leurs réticences ! leurs arrière-pensées ! et le sentiment que j'ai moi-même quand je vois entrer une de ces femmes qui font des visites à sept heures du soir, ayant encore le feu du plaisir sur les joues...

— Après ?... Crois-tu donc, parce que tu n'as pas d'amant, que le monde ne t'en donne aucun ? »

Psyché se leva d'un bond.

« Moi ? on parle de moi ?

— Vraiment tu es trop naïve, ma petite Nichette ! Tu as quatre ans... Pourquoi se porterait-on garant de ta vertu ? On ne demande pas *si* Madame *** s'amuse ; on demande *avec qui* Madame *** a ses habitudes...

— Mais qu'est-ce qu'on a pu dire sur moi, puisqu'il n'y a rien ?

— Tout ce qu'on a voulu. Tu es la maîtresse de René Marcenay depuis six mois. Et tu le trompes.

— C'est une infamie !

— Tu l'as trompé...

— Ni lui ni personne...

— Voyons, calme-toi, ce n'est pas moi qui parle, bien entendu. Tu le trompais hier à cinq heures dans un entresol de la rue Vernet. Et à six heures on me le répétait. Voilà comment je suis renseignée.

— Enfin...

— A cette heure-là, les Champs-Élysées étaient barrés devant l'Élysée-Palace pendant une visite du Président à je ne sais quel prince japonais. Un mail coach qui revenait du Mesnil a tourné le barrage par la rue Vernet. A quatre mètres de hauteur sur le second siège, une dame a jeté les yeux dans un entresol sans défiance, paisiblement ouvert en face d'un terrain vague, et elle t'a vue ma chère, elle t'a vue comme Ève notre mère avec un Adam qu'elle n'a pas reconnu.

— Ma pauvre Lotte ! hier à cinq heures j'étais à Versailles chez madame de Gesles... Quelle est la misérable qui t'a conté cela ?

— Une bonne petite âme qui ne te veut pas de mal. Elle m'a dit que tu avais une poitrine charmante. »

Psyché abasourdie s'assit au bord du canapé, s'accouda sur ses genoux, les tempes dans les mains, les yeux fixes... Madame de Jaulgonne poursuivait :

« Tu m'as donc bien comprise : ne sois pas vertueuse ni pour moi qui n'y tiens guère, ni pour le monde qui n'y croit pas et qui t'a pardonnée d'avance. Résiste pour toi-même. Que cela te suffise. »

Psyché releva les yeux.

« Alors... alors tu me conseilles pourtant...

— Oui.

— Je ne comprends plus bien... J'ai la tête perdue.

— A mes yeux tu es libre d'accepter cette aventure ou de la refuser. Je ne me demande qu'une chose : seras-tu heureuse d'avoir cédé ? Eh bien, si tu t'abandonnes tu feras le bonheur d'Aimery Jouvelle, mais pas le tien, ma petite, je te le prédis.

— Pourquoi ? fit Psyché tristement.

— Ah ! ah !... voilà un pourquoi... une mélancolie... presque une déception... Il n'y a qu'un instant tu ne *voulais* pas être amoureuse...

— Mais, ma chérie, tu me donnes toutes les raisons de l'être...

— Pas du tout. Je te débarrasse des fausses barrières, des obstacles en carton peint que tu aurais bien renversés toute seule et qui t'auraient encouragée ; mais maintenant nous voici au mur et je t'arrête.

— Fais de moi ce qu'il te plaît.

— Qu'arrivera-t-il si tu es résolue à céder ? Aimery Jouvelle veut t'enlever ce soir, m'as-tu dit ? Tu ne pars pas, c'est évident. Il revient demain, tu lui laisses faire sa cour selon les formes et tu l'exauces dans six semaines. Bon. Vous avez quinze jours, un mois, deux mois d'ivresses. Au début, tu es amoureuse sentimentale ; mais plus le temps passe et plus tu te sens prise par la chair, et plus ton amant se détache de toi. Quand tu seras toute à lui, il aura cessé de t'aimer. Quand ta seule raison de vivre sera son étreinte, tu n'en auras plus que le souvenir.

— Mais pourquoi encore ?

— Que veux-tu que je te dise ? Parce que les hommes sont ainsi, et que le seul moyen de retenir leur affection, c'est (quelquefois) de les épouser... Pauvre petite, ce moyen-là ne t'a pas réussi, mais l'autre serait pire.

Le jour où Aimery Jouvelle t'abandonnera...

— Tu es effrayante.

— Je l'espère bien. Le jour où Aimery Jouvelle t'abandonnera, je connais ton caractère, tu ne lui donneras pas de successeur et il ne te restera plus rien au monde que le regret du bonheur et le remords de ta faute. Ce jour-là, ta vie sera brisée.

— Oui, Charlotte.

— Toute cette aventure finirait dans une chapelle de carmélites, je n'en serais pas surprise. Avec toi, c'est ce qu'il faut prévoir, un dénouement par le tombeau. Eh bien, puisque tu es pieuse, je suis d'avis que tu t'en souviennes aujourd'hui, lorsqu'il en est temps, et non dans six mois lorsqu'il sera trop tard. Quel est ton directeur ? »

Psyché eut un mouvement.

« Toi qui pratiques si peu...

— Il ne s'agit pas de moi. Quel est ton directeur ?

— Hélas ! c'était le Père Pasquier... Il me connaissait depuis mon enfance. Je n'avais qu'un mot à lui dire et il trouvait tout de suite le conseil qu'il me fallait dans chaque circonstance. Maintenant qu'on a expulsé les Dominicains, j'ai pris un abbé, mais ce n'est pas la même chose.

— Quel homme est-ce ?

— Intelligent ; grand confesseur ; beaucoup d'expérience et d'autorité. Un peu médecin des âmes, tu vois ce que je veux dire ? Il donne ses conseils comme des ordonnances et il a toujours une recette pour vous préserver du péché.

— C'est bon, cela. Pour guérir les crises de la volonté, les petits moyens valent mieux que les grandes phrases.

— Le Père Pasquier n'en disait pas tant,

mais il savait me prendre, et quand je sortais de chez lui, j'étais sûre de moi. »

Madame de Jaulgonne hésita un instant, puis, avec le sourire audacieux et inquiet d'un joueur qui demande une carte à cinq, elle conclut :

« Va chez l'abbé. »

V

LA CONFESSION DE PSYCHÉ

Quand Psyché, introduite par une vieille servante, se fut assise dans le salon de l'abbé Tholozan, si différent de la chambre monacale où jadis le Père Pasquier la recevait sur une chaise de paille entre quatre murs nus, elle s'intimida comme une petite fille qui va se confesser pour la première fois.

A ce prêtre qui la connaissait mal et qui sans doute n'avait pas encore conçu pour elle toute l'affection spirituelle qu'une femme attend de son confesseur, elle allait faire l'aveu le plus humiliant qui fût encore sorti de sa bouche : l'aveu d'un péché futur.

Elle ne dirait pas : « Mon père, j'ai eu un instant d'égarement, on m'a surprise et j'ai péché. » Elle dirait : « Je suis prévenue. Je vois clairement où est le mal et je n'ai plus assez de volonté pour ne pas aller droit à lui si vous ne me retenez. » Ce qu'elle allait avouer, c'était pis qu'une faute : une lâcheté.

L'abbé parut à la porte et s'avança vers elle en ouvrant les mains.

« Vous venez me consulter ?

— Et me confesser.

— Vous confesser ! Mais je vous ai entendue avant-hier !... Alors, qu'avez-vous à me dire de si grave ? Un petit péché auquel vous attribuez une grande importance, et plus qu'il n'en mérite, j'en suis certain... »

Il encourageait.

— Vous voilà tout ému... Eh ! vous ne

réussirez pas à m'inquiéter moi-même ! Vous êtes, Madame, une pénitente à laquelle j'oserais, comme on dit au village, donner le Bon Dieu sans confession. Certains soirs vous péchez un peu verbalement, mais bah ! il faut prendre son temps comme il est et ne pas demander aux mondaines ce qu'on exige des ursulines. Le flirt est juste à mi-chemin entre le vice et la vertu : le purgatoire est fait pour lui. »

Disant cela sur un geste de juge qui dispose à son gré des peines éternelles, il se redressa dans son fauteuil.

L'abbé Tholozan venait de dépasser la quarantaine. Il n'était ni grand ni petit, mais assez gras, et il portait beau son visage romain.

« J'ai peur de pécher en action, dit Psyché.

— Dans l'avenir ?

— Dans l'avenir.

— Je vous disais bien que c'était peu de chose. Un scrupule ! Peut-être une rêverie ! Un péril que vous éviterez et qui sera un bien pour votre salut. *Tentationem da mihi, Domine !* Donne-moi la tentation, Seigneur ! criait saint Jérôme, puisque tu m'as donné la force de la repousser. Voyons, parlez à cœur ouvert. »

Elle parla. Ce fut très long. Elle voulut conter toute la scène du parc, prétendant que si l'abbé n'en connaissait pas les détails il n'en pourrait estimer les conséquences. Puis elle décrivit la suite de ses sentiments, revint en arrière sur son passé, exprima ses craintes pour l'avenir, parla de sa faiblesse et de son isolement...

L'abbé l'écoutait d'une oreille parfois distraite, en homme pour qui ces aventures ne sont pas aussi imprévues qu'on voudrait l'en persuader. Il hocha la tête régulièrement pour signifier qu'il avait compris, même lorsqu'il oubliait d'entendre. Il écoutait l'essentiel.

« Oui », fit-il d'un ton perplexe.

Puis, levant les yeux vers sa pénitente :

« Eh bien, je ne vous dirai plus ce que je vous disais tout à l'heure. Je suis plus frappé de votre émotion, ma fille, que de votre récit. Dans ces sortes de crises, somme toute, le péril est toujours tel qu'on l'imagine, puis l'âme obéit à ses illusions plutôt qu'aux réalités. Jusqu'ici vous avez très bien refréné toutes les tentations charnelles, mais, cette fois, je vous conseille de ne pas engager la lutte.

— Et comment cela ?

— Allez-vous-en. »

Psyché le regardait avec une certaine surprise. Il s'expliqua aussitôt.

« Je crois que votre seule énergie suffirait à vous défendre, et si je pouvais vous communiquer toute la confiance que j'ai en votre fermeté, je vous dirais simplement : Soyez forte. Mais vous doutez de vous-même, et qui peut prévoir les embûches que l'ennemi va semer sous vos pas ? Assurément, vous n'irez pas cette nuit au rendez-vous qu'il a eu l'impudence de vous proposer ; mais vous le verrez cent fois revenir à la charge, il emploïera tous les moyens pour vous perdre et je ne me crois pas le droit d'exposer votre chasteté à des périls si pressants. L'automne dernier, je confessais une jeune fille qui se trouvait dans une situation beaucoup plus alarmante que la vôtre puisqu'elle était, si j'ose le dire, en état de péché habituel. Sa propre servante, chargée de sortir avec elle, consentait à la mener trois fois par semaine dans un rez-de-chaussée clandestin où la malheureuse enfant commettait les actes les plus graves tant par leur caractère que par leur fréquence. J'essayai en vain de lui représenter l'opprobre de sa conduite ; elle promettait chaque fois de n'y plus retomber, mais le lendemain une impulsion irrésistible la ramenait chez le jeune libertin qui abusait de sa faiblesse et, après douze semaines d'efforts, je n'avais pas même obtenu qu'elle espaçât les rendez-vous. Il fallut recourir aux grands moyens. Dînant un soir chez son père, je pris à part le médecin de la famille et je lui dis tout bas en le regardant ainsi... « Docteur, envoyez-la aux eaux. — A quelles eaux ? — Peu importe. — Ah ! ah !... Loin de Paris ? — Le plus loin possible. — Trois semaines ? — Trois mois. » Ce médecin était un chrétien, et sans autre explication (que d'ailleurs je n'aurais pu donner), il fit ce que j'attendais de lui. Et si jamais saison thermale guérit un cas désespéré, ce fut bien, par la force des choses, celle dont je vous conte ici l'histoire. Pendant l'absence, le tentateur avait enlevé ses filets pour les poser un peu plus loin. Un jour, ma jeune pécheresse revint sur le lieu de ses fautes passées ; mais nul n'était plus là pour les lui faire commettre. »

L'abbé Tholozan prit un temps qui termina l'anecdote ; puis il poursuivit :

« C'est ainsi qu'il faut protéger dans le secret une âme de seize ans qui ne se connaît point. Mais vous êtes vaillante, ma chère fille, vous aiderez à votre salut. Je vous expose le remède au grand jour : guérissez-vous librement.

— Mon père..., hasarda Psyché, je me sens... plus vaillante en effet, depuis... que je vous ai parlé... Je ne veux pas céder, mais j'ai honte de fuir... Si je m'en vais, c'est une déroute, c'est avouer que j'ai peur de lui...

— Il n'y a pas de honte à craindre Satan. Un homme se défend contre un homme, il ne se bat pas contre un fléau. Ce n'est pas montrer une âme faible que de s'enfuir devant l'orage, ma fille, ou devant l'amour, car nos bras humains ne sont pas assez forts pour lutter contre le feu du ciel, ni contre celui de l'abîme.

— Si je n'essaie même pas de lutter, mon père, qu'arrivera-t-il de moi quand je reviendrai d'exil ? Je le rencontrerai fatalement. Il m'aimera peut-être encore... Si longue que soit mon absence, j'ai vu des passions durer plus longtemps que tous les voyages...

— Partez ce soir. Il n'est que temps. Je vous suggère ce départ à titre de conseil et, s'il le faut, je vous l'impose affectueusement à titre de pénitence. Vous allez rentrer, faire vos malles ; cinq heures sont à vous, cela suffit. On vous attend à la gare d'Orsay, allez à la gare de Lyon. On part pour la Bretagne, partez pour l'Italie. Allez prier à Saint-Jean de Latran, et veuille l'apôtre bien-aimé vous arracher à l'amour coupable par la grâce de l'amour divin ! Élevez votre cœur vers Dieu ! toute passion n'est due qu'à lui. Partez ce soir et quand vous sentirez fermement que vous pouvez revenir sans danger, venez à moi dès votre retour. Je veux apprendre par vous-même que vous êtes sauvée du mal.

— Vous l'exigez, mon père ? Je me soumets, » dit Psyché.

VI

LUTTE SUPRÊME

Elle obéirait. Elle quitterait Paris pour oublier.

Sa résolution prise après tant d'incertitudes, Psyché Vannetty crut être plus calme; mais son calme était morne et rappelait celui qui nous prend parfois à la perte des êtres chers pour répandre sur nos tristesses l'accablement et non la paix.

Elle revint à pied le long de la belle avenue qui conduit à la Muette sa triple allée de marronniers verts. Eux aussi bourgeonnaient innombrablement vers l'azur plus terne et presque assombri ; mais les yeux de Psyché ne voyaient plus le printemps.

Depuis quelques heures, son cœur avait battu si vite, que les souvenirs de la matinée lui apparaissaient déjà dans un éloignement infini, comme le printemps d'un autre âge, maintenant défleuri pour toujours.

Elle était tranquille et ne regrettait rien. Sa vie continuait solitaire et sans reproche comme par le passé. Heureuse ? non. Régulière. L'irréparable ne serait pas accompli. L'ombre du remords avait plané sur elle et s'envolait enfin sans l'avoir touchée. Désormais à l'abri du péril inconnu elle voulait se persuader que tout serait bien ainsi ; mais avec ses appréhensions elle avait perdu cet émoi, ce frisson, cette ferveur intime qui naguère animait son être et qui était pour elle le goût à la vie.

Rentrée dans sa maison vide, elle dit à sa femme de chambre avec un geste d'indifférence :

« Blanche, faites mon sac de toilette, un carton de chapeaux, et une seule malle de robes. Je pars ce soir pour l'Italie. Vous choisirez vous-même dans la penderie et dans les armoires le linge et les robes qu'il me faut. Je ne m'occuperai de rien. Allez. »

Puis elle monta chez elle. Huit petits bleus à écrire pour se dégager de huit invitations acceptées ; cinq ou six billets pour prévenir ses amies les plus proches : il ne fallait pas que ce départ si brusque, étant tout le contraire d'une fugue amoureuse, pût en prendre l'apparence...

Mais comme elle s'approchait de son petit bureau blanc, elle trouva une lettre sans timbre sur le maroquin du buvard.

L'écriture ? Elle ne la connaissait pas.

Psyché blêmit tout à coup.

« C'est de lui, se dit-elle. En effet... Il avait dit qu'il m'écrirait. »

Elle s'en alla jusqu'à l'extrémité de la chambre ; elle voulut sortir ; mais elle pâlissait tant... et se trouvait si mal, qu'elle se laissa tomber sur le dernier fauteuil.

« Je ne veux pas de cette lettre... Je ne lirai pas cette lettre... C'est inutile... Tout est sacrifié... Tout est mort pour moi. »

Mais on ne peut jamais jeter un billet sans le lire. Le silence même est une réponse et parfois la pire de toutes. Que savait-elle de ce que contenait cette enveloppe scellée ? Peut-être avait-il compris que ses projets étaient irréalisables ? S'il lui annonçait sa visite, il fallait prévenir les domestiques afin qu'on ne le fît pas entrer. S'il lui donnait un autre rendez-vous... S'il partait par la gare de Lyon... il fallait qu'elle le sût, pour ne pas tomber dans ses bras à l'heure où elle le fuyait !

Psyché, pâle comme une lampe éteinte, se leva dans sa longue robe de toile grise, traversa la chambre et se pencha sur le bureau blanc.

Ce billet qui allait lui parler malgré tout, et bien qu'elle ne dût revoir jamais celui qui l'avait écrit, cette lettre posthume lui glaçait les mains. Elle l'ouvrit comme un testament et elle lut de ses yeux qui allaient pleurer :

« Ne souriez pas : je serai à la gare. Ne me condamnez pas non plus. Je sais que c'est fou, que c'est impossible, que vous ne viendrez pas : et je vous attendrai. J'ai rêvé d'une amie toute semblable à vous, puisque je ne puis plus rien concevoir de charmant qui ne soit à votre image ; mais d'une amie qui partirait, et vous resterez, je le sais bien.

Elle partirait spontanément, comme si c'était l'idée la plus simple du monde que d'aller où le printemps l'appelle et d'y conduire un cavalier. Elle aurait fait retenir pour elle le petit compartiment B dans le train de 9 h. 32 qui mène à Sainte-Anne-des-Bois, sur la ligne de Douarnenez, et elle me permettrait de lui donner la main, pour monter en wagon, ou pour en descendre... Ce sont des imaginations... Laissez-les-moi tout un jour. Je vous aime comme un insensé. Jusqu'au dernier moment je croirai que vous êtes en route, que votre voiture s'arrête, que vous arrivez dans la foule, que vous êtes là, derrière la vitre. Je resterai caché près de votre place vide pour que nul ne me voie vous attendre, et quand le train m'emportera sans vous, alors seulement j'oserai pleurer toute ma part de bonheur, perdue. »

« Hélas ! et la mienne ? dit Psyché en sanglotant dans ses mains. Ma pauvre petite part de bonheur ici-bas, que je n'ai jamais touchée ni même entrevue, mais dont l'espoir m'aidait à vivre, est-ce aujourd'hui, est-ce aujourd'hui que je passe à côté d'elle et que je la perds pour toujours ? »

Un long remous de conscience agita encore sa volonté désemparée. Cent choses que lui avait dites Aimery pour essayer de la convaincre passaient pêle-mêle dans son esprit avec une force de persuasion qu'elle leur avait mal reconnue. Oui, ce serait enivrant, ce départ en toute hâte, cet élan de la jeunesse humaine vers la jeunesse de la terre, des prairies et des forêts ! Le péché, cela ne pouvait pas être l'ardeur si belle, si franche avec laquelle il lui parlait dans la grande lumière du matin... Et puis... Charlotte indulgente... Le monde hostile aux solitaires et secourable aux enlacés... l'exemple des heureux, la pitié sur elle-même... tout, jusqu'à cette histoire atroce contée par son directeur : cette exilée revenant toujours amoureuse, la maison vide, l'amant disparu et séduit ailleurs...

Elle cria dans sa pensée .

« Je l'aime, je ne peux plus mentir à mon cœur. Ce n'est pas une voix étrangère qui me répète sans interruption : Suis-le ! C'est moi, c'est moi tout entière, mon être, mon sang, ma vie. »

⁂

Mais ce ne fut qu'un cri. Dès qu'elle l'eut poussé, elle tomba sur les genoux, et pria. A l'instant où elle voyait clair dans son âme jusqu'alors si trouble, un retour d'énergie morale la roidissait enfin contre la passion démasquée. Elle ne s'en remettait plus du soin de la sauver, ni aux conseils d'une amie, ni aux ordres d'un directeur. Psyché luttait contre Psyché. Une guerre civile éclatait dans sa blanche cité intime. Un combat désespéré se livrait contre elle-même, entre sa volonté passionnelle et sa volonté réfléchie, corps à corps, dans la nuit cérébrale. Ce fut un terrible duel.

Et comme dans les batailles antiques où les armées aux prises appelaient à leur secours les guerriers d'au delà des nues, elle se vainquit au nom du ciel, prenant toute sa force dans ses mains jointes et dans son espérance de la paix éternelle.

« Madame... C'est M. l'Abbé Tholozan.

— J'y vais. »

La tête droite elle entra au salon.

L'abbé tenait à la main un petit livre broché de bleu, sur le noir de la soutane neuve.

« Je vous apporte un compagnon de voyage, dit-il en souriant : *Les Méditations d'une âme en péril.* Vous lirez cela en wagon, ou mieux encore là-bas, à tête reposée. C'est un livre réconfortant.

— Vous êtes venu voir si je partais, monsieur l'Abbé ? Vous avez eu raison. Il y a moins d'une heure, j'ai failli rester.

— Je m'y attendais un peu. Mais maintenant, vous êtes forte ?

— Je le suis.

— Vous ne partirez ni demain soir ni demain matin, mais immédiatement, comme vous vous l'êtes promis ?

— Immédiatement. Les malles sont faites. »

Le prêtre vint s'asseoir près de sa pénitente, lui prit la main et lui dit :

« Ma chère enfant, — permettez-moi de vous appeler ainsi — la courte défaillance que vous venez d'avoir m'était prévue, et c'est pour éviter des rechutes beaucoup plus alarmantes que je mets quatre cents lieues entre la tentation et vous. Se fier à soi n'est pas toujours courage, mais orgueil, mais présomption. L'âme livrée à elle-même retourne à ses erreurs et ensuite elle se lamente, disant : Que n'avais-je un guide ? Vous en avez pris un, mon enfant. Laissez-vous diriger par son expérience. Il écartera de votre route les pièges et les embuscades. Suivez-le les yeux fermés. Rester à Paris, c'est vous perdre. Votre directeur vous conjure de partir. Vous l'en remercierez un jour. »

Elle était résolue. Il la quitta content. Après son départ elle monta pour examiner ses malles. Elle glissa dans les casiers le *Guide d'Italie*, le Burckhardt et le Helbig qu'elle avait rapportés de son dernier voyage, un petit Dante pour Florence, un Ruskin pour Venise, un Musset pour Saint-Blaise et pour la Zuecca. Il y en avait dans tous les coins, et même la grammaire italienne qu'elle emportait bien sagement chaque fois qu'elle passait les Alpes sans réussir à terminer le chapitre du substantif.

Ses petits bleus furent écrits en une demi-heure. Elle changea de costume, dîna rapidement, ferma ses armoires, paya les domestiques, glissa dans le sac de toilette ses « lettres à répondre » avec celle d'Aimery qu'elle n'eut pas le temps de brûler, et, haletante encore d'un départ si hâtif, cherchant ce qu'elle avait pu omettre, comptant ses ombrelles, son or, ses billets, ses petits colis à la main, elle était assise quelques heures plus tard dans la voiture commandée qui l'emmenait vers la gare de Lyon.

VII

LE DÉPART D'AIMERY

Le départ d'Aimery fut moins animé.

Pendant les premières minutes du réveil s'étend une période intermédiaire où nous ne distinguons pas du tout l'imaginaire et le réel. Nous sentons bien que nous avons rêvé, mais le palais du songe existe encore, et s'il n'est pas vrai que nous en sortions, nous y entrerons tout à l'heure.

Aimery crut avoir subi une aberration semblable quand il se réveilla de son mirage optimiste dans l'automobile silencieuse qui le menait à la gare d'Orsay.

Un brusque petit rire de dépit, et il haussa l'épaule.

« Évidemment, elle ne viendra pas. »

Pour la séduire il fallait d'abord ne pas la quitter. Après le « non » qu'elle avait dit. quel revirement spontané pouvait-on attendre d'elle sans que rien ne fût intervenu en faveur du rendez-vous ?

Mais lorsque Aimery mit pied à terre sur le trottoir de la gare, il lui resta encore un doute, c'est-à-dire une espérance. Psyché n'était pas là ? Qu'en savait-il ? Si le rendez-vous eût été donné dans un endroit désert... mais ici, dans cette foule en mouvement ! C'était peut être elle, ce chapeau voilé de bleu ?... et là-bas, ce long manteau beige ?... Non. Il était trop tard sans doute... Et si elle était arrivée la première, si elle était en bas, dans le compartiment !... Supposition invraisemblable ! Mais encore une fois, qu'en savait-il ? Il était fou d'espérer sans motif, mais ne serait-il pas plus insensé de désespérer sans preuve ?

Il descendit, chercha le wagon, prit place. Mais Psyché n'était pas dans le compartiment.

Comme si elle devait venir, néanmoins, il ferma les rideaux, il disposa les fleurs qu'il avait prises pour elle, et quatre coussins à lui dans les deux coins de la banquette. Un parfum végétal et frais combattit et chassa bientôt l'odeur épaisse de la gare souterraine Il mit deux petites coupes sur la tablette, l'une pleine de bonbons, l'autre vide, pour les bagues. Enfin il tendit sur toute la paroi du fond une grande soie chinoise souple et fine, qui était jaune brodée de bleu.

« C'est un peu compromettant, se dit-il avec ironie. Mais puisqu'elle ne viendra pas ! »

Il pensait tout le contraire Plus le petit

ameublement qu'il improvisait prenait apparence de chambre amoureuse et plus l'ombre de Psyché y prenait de réalité. Elle était là, flottante et presque invisible, attendant son corps absent qui allait se confondre avec elle. Aimery l'adorait, lui souriait déjà.

Ah ! l'ardente chimère que cette évasion ! S'aimer, se le dire un jour et fuir dans la nuit ! Rompre avec toutes les règles de l'amour classique, déchirer le protocole du flirt, inobserver le jeûne préalable, sauter trois actes et sept tableaux entre la cavatine et le duo d'amour ! Ah ! si elle était femme à aimer ainsi, à partir « spontanément comme si c'était l'idée la plus simple du monde que d'aller où le printemps l'appelle et d'y conduire son amant. » Il l'avait crié ! Que n'entendait-elle !

***

Cependant l'heure passait. La voix du chef de train appelant « les voyageurs pour l'express de Nantes » fit bondir Aimery, qui devint pâle.

Trois minutes encore, et le train partirait. Le tumulte de la gare allait grandissant. On entendait des appels précipités, des cris d'adieu qui se croisaient avec les commandements de services, des sifflets soudains qui assourdissaient le bruit émouvant des portières fermées.

Aimery s'appuya de la main au chambranle de la petite porte et son cœur se mit à battre avec tant d'emportement qu'il ne savait pas si c'était de désir, de désespoir ou d'incertitude. Dix fois il voulut se jeter dehors et courir jusqu'au marchepied pour voir de ses yeux... pour appeler peut-être... « Pressez-vous !... Pressez-vous ! » A quoi bon ? Elle présente, il pouvait la perdre. Elle absente...

Brusquement, la porte s'ouvrit et Psyché, Psyché elle-même, non plus son image ni son ombre, mais son corps véritable, son regard, son parfum, toute elle... Psyché entra.

Elle ferma en tremblant la porte, s'y adossa, tendit les mains :

« Je vous en supplie, ne me touchez pas. » Je ne sais pas ce que je fais ici... »

« Sa voix ! C'était aussi sa voix ! »

« Ce que vous faites ici, Psyché ? Mais toute la beauté de la vie pour celui qui vous entend ! »

Les yeux clos, la main sur le front, elle parlait comme à elle-même, tandis que le train retentissant roulait sous le tunnel de Paris.

« Comment suis-je venue ?... Je ne sais pas... Toute la journée, je n'ai pensé qu'à vous fuir... J'avais peur de vous... peur de moi... Il n'y a que cinq minutes je vous fuyais encore... et je me suis prise... vous le voyez... tout est fait...

— Psyché !

— C'est insensé, vous me le disiez vous-même ! C'était impossible... Et me voici !

— Psyché ! »

DEUXIÈME PARTIE

I

LE BAISER

Ils se turent.

Madame Vannetty avait donné sa main aux deux mains tremblantes du jeune homme et s'appuyait sur elles, de tout son bras tendu.

La tête presque baissée, elle laissait tomber sur les yeux d'Aimery un regard flottant et voilé, puis fixe et clair, un regard dont tous les sentiments se disputaient la lumière et l'expression, mais où il y avait surtout de l'effroi.

Aimery s'était incliné tout à fait, un genou sur la banquette, un coude sur ce genou. Il ne touchait de Psyché que cette main éperdue, si palpitante et si chaude que le gant prenait vie autour d'elle et semblait déjà sa peau. Il ressentait, avec une passion immobile, cette petite chaleur intime et le vague parfum du corsage fermé. Mais il ne parlait plus, n'osait pas faire un geste. Comme si elle eût été la Psyché antique, le papillon blanc des mythologies, on eût dit qu'il craignait de porter la main sur elle, de peur de faire tomber au premier contact la fleur impondérable de sa beauté.

Et elle le regardait ! De quels yeux solennels ! Les femmes regardent l'Amour parfois comme elles regarderaient la Mort, avec les terreurs de l'Au-delà inconnu. Il semble qu'à l'instant de céder, leur avenir terrestre se partage comme leur avenir éternel, entre la menace d'un enfer et l'éblouissement d'un paradis. Psyché avait l'âme trop faible pour l'émotion de cette heure suprême. Elle étouffa. Ses paupières battirent. Elle voulut dire un mot qu'elle ne put prononcer ; elle se pencha en arrière, puis en avant, comme entraînée par le tangage du wagon en marche, et tomba, frémit, fondit en larmes.

Aimery l'avait reçue dans ses bras respectueux. Soucieux avant tout de ne pas l'effaroucher, il ne l'étreignait pas, il la soutenait à peine. Qu'avait-il besoin de céder à sa hâte ? Psyché était prisonnière, liée à la fuite irrésistible du train qui tonnait comme un orgue nuptial dans la nef du tunnel de pierre ; et ces lumières, ces vagues fumées qui s'allumaient sous les voûtes sonores étaient les cierges et l'encens de leur mariage mystérieux... Elle serait à lui. Pourquoi brusquer sa joie ? Il soutint Psyché d'un seul bras sous l'épaule secouée de frissons et posa doucement l'autre main sur une main abandonnée.

« Psyché, lui dit-il, de la voix la plus tendre, je ne puis plus vous entendre pleurer. Je vous donnerai tout ce que vous voudrez de ma vie et de mes forces et de ce qui est en moi pour composer autour de vous un bonheur qui vous agrée. Mais ne pleurez plus. Je ne suis pas dans vos bras, je suis à vos pieds. Ce que vous souhaiterez s'accomplira. Ce que vous ne souhaiterez pas sera mis à néant. Vous le voyez, ce n'est pas moi qui vous ai entraînée ici. Vous êtes venue de votre plein gré, aussi libre de vous que vous le serez toujours. Rien ne se fera que je ne l'aie lu dans vos yeux avant d'y élever ma pensée. Si vous me repoussiez, je m'en irais, je vous le jure. Mon bonheur est une chose à vous dont vous ferez ce qu'il vous plaira. Quand vous voudrez le briser je vous dirai simplement : Vous vous êtes donnée, vous vous êtes reprise ; soyez bénie, Psyché. »

Elle eut un soupir saccadé comme une femme qui suffoque :

« Aimez-moi bien !... » sanglota-t-elle.

Puis elle répéta plusieurs fois :

« Pardon !... Pardon !... Je ne veux plus pleurer... comme chaque soir autrefois... C'est fini... C'est le passé... J'ai besoin d'être heureuse... Ah ! quand je vous dirai ce qu'a été ma vie !... Pas une affection à moi. Pas une main à serrer comme je serre la vôtre... Je ne sais pas du tout ce que c'est que le bonheur et je suis épouvantée de me livrer à vous... »

Alors, comme elle penchait la tête en arrière, Aimery s'inclina lentement vers sa bouche.

Elle vit l'ombre du visage descendre peu à peu jusqu'à elle ; et ses yeux bleus grandirent, devinrent tout à coup si graves que si on lui avait présenté le Viatique, ils n'auraient pas eu d'autre expression.

Les lèvres la frôlèrent. Elle eut un sursaut, déroba les siennes...

Puis les laissa toucher.

Insensiblement, Aimery l'avait enlacée. Une main soutenait son corps et l'autre sa nuque. Elle respirait de toute sa poitrine, comme oppressée par le souffle d'un songe. Une influence nerveuse et doucement tremblante, une lente émanation d'effluves étranges, un enchantement immense, bienfaisant et léger l'envahissait jusqu'au cœur de sa chair. Ses yeux s'étaient allongés, puis éblouis. Puis elle les avait clos.

Depuis combien d'heures palpitait ce baiser ? Psyché avait perdu la notion du temps. Elle se tenait comme une amoureuse qui de l'âme et du corps s'abandonne à tout ; et pourtant, le jeune homme, ayant paru vouloir dégager doucement une de ses mains discrètes, il lui sembla que par un mouvement de tête elle voulait lui dire : « Non... Pas cela... Pas ici... » Mais elle ne parla point. Les deux bouches ne pouvaient plus se séparer l'une de l'autre.

Une ombre bleue et très sombre tombait de la lampe à demi voilée. Un coup de sifflet imperceptible, puis sonore, puis assourdissant, puis faible et perdu, croisa le train. Il était tard. Le rapide filait en pleine campagne, sans autre bruit que le tambourin monotone et précipité battu par toutes les roues passant sur les rails, indéfiniment. Les fenêtres étaient closes, les rideaux étendus, et peu à peu toutes les odeurs flottantes s'étaient évanouies alentour, devant le parfum de Psyché.

***

Soudain le train s'arrêta sur ses freins stridents.

Elle se dressa en sursaut, et rouvrit les yeux.

« Qu'y a-t-il ?

— Rien. Une station.

— Où sommes-nous ?

— A Étampes sans doute.

— On crie Saint-Pierre... Saint-Pierre-des-Corps.

— C'est possible.

— Comment ? Nous avons passé les Aubrais ? Mais c'est avant Tours, Orléans !

— Je ne sais pas », dit Aimery.

Elle tourna vers lui son visage transformé, ses yeux brillants, ses lèvres rouges, et elle éclata de rire.

Son rire n'était pas encore sans contrainte, mais Aimery ne pouvait se tromper ni au regard ni à l'attitude. Psyché entrait en métamorphose. La trace du baiser qui faisait luire sa bouche rayonnait sur toute sa personne.

« Oui, c'est cela, reprit-elle. Ne cherchons pas où nous sommes. C'est Nice ou Ploërmel, ou Baden-Baden. J'ai fui Paris au hasard, je ne veux pas savoir où je vais. »

Droite devant la glace et les bras en l'air, elle répara le léger désordre du chapeau, des cheveux et du voile. Elle ouvrait son sac de toilette quand elle entendit un bruit qui la fit tressaillir.

On frappait à la porte.

« Mon Dieu ! fit-elle. On a frappé... On nous suit... »

On frappa de nouveau.

Aymery entre-bâilla le rideau, la rassura

d'un geste et ouvrit à un employé qui demanda en saluant « s'il pouvait faire les lits ».

« Les lits ?... Vous êtes fou ! » dit la jeune femme étourdiment.

Et quand elle eut refermé la porte, le rouge lui monta aux joues. Cet homme était le premier témoin de son secret. Il l'avait vue, elle, Psyché Vannetty, derrière un verrou à peine entr'ouvert, seule avec un homme, dans un wagon-lit. Il avait offert d'ouvrir les draps, comme si son compagnon avait tous droits sur elle, pouvait la déshabiller, la voir nue, l'étreindre nue... Que devait-il penser ? Elle eut envie de sortir dans le couloir et de s'y promener toute la nuit pour prouver sa chasteté aux yeux de ce domestique. Se roidissant contre la paroi, elle cacha son visage dans ses mains avec un : « oh ! » étouffé.

« C'est moi qui suis folle », dit-elle lentement en laissant retomber ses bras. Savez-vous quel jour nous sommes ?

— Pas du tout.

— Savez-vous que ce matin, *ce matin*, je vous connaissais à peine ! et que ce soir...

— Vous le regrettez, Psyché ?

— Et que ce soir vous m'appelez Psyché comme si vous étiez déjà... l'Amour... Et qu'entre ma rencontre et ma fuite il ne s'est pas écoulé douze heures... ? C'est moi qui ai fait cela ? C'est moi qui suis ici ?... Je suis devenue complètement folle.

Ce qui s'est passé autour de moi est tellement invraisemblable. Si je vous le racontais, vous ne me croiriez pas.

— Vraiment ?

— Savez-vous comment je suis venue ?

— Par une inspiration du ciel.

— Par une maladresse de mon confesseur.

— Quel homme de génie ! Comment s'appelle-t-il ?

— Ah ! si l'on n'avait pas expulsé les Dominicains ! Le Père Pasquier m'aurait mieux conduite ! Mais j'ai un nouveau directeur qui ne me connaît pas du tout... Sans lui je serais restée chez moi. Comment voulez-vous que je vous suive spontanément ? Dans une minute d'oubli peut-être...

« Mais pendant cinq heures de suite, sans retour sur moi-même, sans un tressaillement, faire tous mes préparatifs de départ, mes paquets, mes lettres d'excuses et vouloir être séduite avec tant de persévérance, jamais, jamais je n'aurais fait cela !

— Eh bien ?

— Eh bien ! ces malles c'est lui qui me les a fait faire ! Il a voulu me faire partir pour Rome à l'heure où vous partiez pour la Bretagne, afin de vous échapper plus sûrement (il a réussi !) Et je me suis trouvée... vous devinez, maintenant ? Je me suis trouvée en costume de voyage, avec mes malles, mon petit sac et tout ce qu'il fallait pour vous suivre, *passant devant la gare d'Orsay* pour aller à la gare de Lyon... Il était 9 h. 25... Je vous sentais là... Vous m'aimiez... Je n'avais qu'à tendre la main vers la sonnette de la voiture... »

Elle s'interrompit, rappela ses souvenirs :

« Mais il me semble bien que je ne l'ai pas touchée...

— Non, Psyché, ne vous accusez pas. Elle a dû sonner toute seule.

— Vous croyez, Aimery ? »

II

LA FORÊT

Sainte-Anne-des-Bois était une station solitaire, éloignée du village qui lui donnait son nom. Un abri, des affiches bleues ; des arbres ; deux employés paisibles qui semblaient des promeneurs.

Psyché, furtive, la tête basse et voilée, suivit rapidement le couloir et descendit sur le quai. Le cri du gravier sous ses bottines, dans le silence, la fit tressaillir. On n'entendait pas d'autre bruit que la légère haleine de la locomotive et un petit chant d'oiseau sur les peupliers. Elle fit deux pas de plus jusqu'à l'abri d'attente, et pour tourner le dos aux voyageurs du train, elle considéra, sans bouger, une affiche qui représentait une gitane devant un paysage andalou.

Mais le train, qui devait s'arrêter à peine, s'obstinait à rester là. Que se passait-il ? On détachait le fourgon qui avait transporté la voiture d'Aimery Jouvelle. Le débarquement d'une automobile à quai était une manœuvre peu familière aux employés de la petite station, et le train s'attardait, et Psyché devenait impatiente.

Il lui semblait que tous les yeux se dirigeaient vers elle, de tous les compartiments, et qu'on la reconnaissait, par son long manteau gris qu'on avait vu à Cannes, par son chapeau qu'elle avait porté deux fois, et surtout par cette broche de cheveux dessinée pour elle seule et connue de tout Paris. Ce train, c'était encore Paris, lancé à sa poursuite, arrêté derrière elle. Psyché ramena son voile sur sa nuque, et puis elle resta immobile, de peur que ses gestes eux-mêmes n'eussent quelque chose de personnel.

Un sifflet. Le train pesant grinça et disparut. Quand elle retourna la tête, elle était enfin délivrée. Aimery parlementait au loin, du côté des bagages. Vers l'Ouest elle ne vit plus rien qu'une petite vapeur enlevée par le vent. La courbe des rails bleus et mouillés de rosée fuyait seule sur le sable jaune.

« Ah ! » fit-elle avec un soupir du plus profond de sa poitrine. Et ce fut en elle comme si le nuage noir de sa conscience s'en était allé, lui aussi. Le péché qu'elle n'avait pas commis, qu'elle eût cent fois repoussé dans le décor habituel de ses résistances et de ses chastetés, le péché lui apparut avec un autre visage. Sans doute ce n'était plus le même. Celui de Paris restait coupable et honteux, et indigne d'elle. Il en était un autre à Sainte-Anne-des-Bois, et celui-là ne devait pas être tout à fait inexcusable...

Elle se reprocha d'y songer. Et puis elle y songea encore... Enfin, croyant se ressaisir et couper court à sa rêverie, elle tourna la tête involontairement vers la personne même de la tentation.

« Que faites-vous ? dit-elle à Aimery.

— Tout est prêt.

— Je monte ?

— Je vous en prie. »

Ils partirent, seuls. Aimery conduisait. Il avait donné ordre qu'on ne vînt pas à sa rencontre. Après avoir suivi la route pendant quelques minutes, l'automobile s'engagea dans un chemin étroit et uni, vierge d'ornières, fraîchement nivelé, un de ces chemins excellents que le touriste a l'impression d'inaugurer à l'instant où il les choisit. Il traversait avec quelques détours un petit bois clairsemé, coupé de ruisseaux verts, puis, au sommet de la colline, entrait tout droit dans la forêt.

« Que je me sens bien ! dit Psyché. Je n'ai pas dormi de la nuit. J'étais sans forces vers six heures et maintenant me voici plus reposée que si je m'étais étendue. Le vent de la course me fait un plaisir que je ne peux pas vous exprimer. Prenez le chemin le plus long, ce sera le plus charmant. »

Elle ajouta d'une voix gaie :

« Au fait, où allons-nous ? Vous ne me l'avez pas dit.

— Nous allons vers le Printemps, je vous l'ai promis hier.

— Hier cela m'a suffi... pour vous répondre que je ne vous suivrais pas. Mais ce matin, je me trouve auprès de vous sans avoir compris comment. Je sais vaguement que nous sommes en Bretagne, et c'est tout. Comment s'appelle votre domaine ?

— J'aimerais ne vous en dire le nom qu'à l'heure où vous y entrerez.

— Pourquoi ?

— Il ne le méritera que si vous lui faites l'honneur de le lui donner.

— Que vous êtes mystérieux !... Est-ce loin d'ici ?

— Nous y serons bientôt.

— Vous y allez souvent ?

— Jamais.

— Pour quelle raison ?

— Je vous attendais.

— Parlez donc sérieusement.

— Je parle très sérieusement. Je me suis laissé tenter par ce château à vendre, voici deux ans. Le nom m'a plu d'abord, et le domaine ensuite. Je n'en avais que faire pour moi-même. Je l'ai acquis uniquement pour y conduire, dans le plus grand secret, la dame inconnue que je devais aimer un jour et que je n'avais alors rencontrée nulle part.

— Et vous saviez d'avance que vous rencontreriez la dame inconnue ?

— J'ai toujours eu foi dans le bonheur futur. »

Un silence les sépara. Ils se regardèrent.

« Vous êtes heureux ! dit Psyché. Est-il un autre bonheur que d'espérer ?

— Oui.

— Ainsi, fit-elle lentement, vous êtes deux fois heureux ? Quel talisman portez-vous pour entrer ainsi dans le surnaturel ? »

Un regard pénétrant lui répondit.

L'automobile tourna brusquement à gauche, quitta le macadam pour le terreau mouvant d'une allée forestière et, en bourdonnant, ralentit sa course. L'allée montait à pente roide.

Des arbres gigantesques la plantaient de leurs colonnes inébranlables. Sur le sol couraient des faisans ; plus haut, des écureuils grimpaient ; plus haut encore, des ailes obscures volaient silencieusement sous l'ogive de la voûte ; les dernières branches se touchaient à la cime, si près du ciel que les oiseaux eux-mêmes semblaient ne pas pouvoir monter jusqu'à elles, et l'immense nef se prolongeait à l'infini jusqu'à un brouillard bleuâtre qui était déjà la naissance des nuées.

« C'est beau, dit Psyché, mais quel paysage effrayant ! Si j'étais seule ici, j'y mourrais d'épouvante avant d'y mourir de faim. Nous n'avons pas rencontré une âme depuis le départ. Est-ce donc la forêt de l'Enchanteur Merlin, d'où les hommes sont chassés par des sortilèges ?

— Presque ; mais rassurez-vous, nous

montons le char magique et vous n avez rien à craindre.

— Vous m'avez dit : Presque ?

— Parce qu'il s'en faut de peu que vous n'ayez deviné.

— C'est une forêt enchantée ? Vous me faites frémir. Savez-vous que je ne suis pas loin encore de croire aux contes de fées ? Si l'on m'abandonnait ici, j'aurais peur des gnomes plus que des loups, et je verrais des lutins glisser dans tous les rayons de soleil.

— Au soleil couchant vous saurez tout, avant que les Korrigans n'aient quitté leurs tanières ; et mon secret n'a rien que vous puissiez redouter. »

Derrière les arbres, on apercevait depuis quelques minutes un grand mur à échelons qui montait régulièrement le long de la côte, comme posant les degrés d'un escalier géant. Au-dessus des chevrons atteints par la mousse, une végétation de parc se distinguait nettement de la forêt brune. Puis le mur s'interrompit. Deux bâtiments de communs flanquaient une large grille ouverte. La voiture y entra, suivit une aile droite, fit le tout d'un château paisible et avenant, passa la douve sur un pont de bois et s'arrêta enfin au milieu d'une terrasse qui dominait toute la contrée.

« C'est une oasis ! dit Psyché, ravie. Cela me rappelle... Oh ! combien cela me rappelle Philae !

— Philae ! s'écria Aimery. Vous aussi vous avez vu Philae ! »

Et elle se souvint, la main sur les yeux.

« J'étais petite. Philae existait encore. Mon père m'avait emmenée avec lui en Thébaïde et en Nubie. Nous avions quitté Assouan à travers un désert torride, un désert de Saint-Antoine où je croyais voir des lions sur les collines et des vipères le long des pistes. Et tout à coup, du haut d'une côte sinistre, au milieu du grand fleuve jaunâtre qui semblait un autre désert en marche, nous avons découvert le Paradis terrestre, l'île verte de la Vie dans la terre des Morts... Philae ! O Philae ! ses arbres, ses palais, ses colonnes peintes, sa grande Isis ailée que je prenais pour l'Ange de l'Éden perdu ! Et j'allais entre ses palmiers, cherchant lequel avait jeté dans la main de la première femme le fruit qui donne la science du bien et du mal... »

Elle rouvrit les paupières.

« Vous me l'avez rendue, la vision de mon enfance. Nous avons quitté la Forêt de l'Hiver, et voici le Printemps, un autre Printemps !

— Celui qui naît pour vous seule.

— Celui que vous m'aviez promis. »

III

LE CHÂTEAU

Comme il la conduisait à une vaste pièce qui occupait le milieu du premier étage, elle eut un frisson en passant près du lit, et marcha d'un pas pressé jusqu'à la fenêtre centrale.

Le parc s'étendait à ses pieds. Elle vit une longue pièce d'eau bordée de margelles verdies, et d'où sortait un ruisseau clair qui se perdait à travers les bois. Elle vit une pelouse inclinée où marchaient des paons blancs dans un éblouissement de soleil. Et plus loin encore, d'autres bois, et des lacs, et des plaines bleues, et le cercle céleste de l'horizon.

Aimery se tenait derrière elle, mais si près que bientôt de sa joue il lui toucha la joue ; et la main qu'il avait posée sur son épaule se mit à trembler. Psyché était à lui, toute à lui. Rien alentour, ni les murs, ni la terre, ni les bois, ni les eaux ne lui appartenait plus qu'elle. Il l'avait retirée du monde, enlevée dans un domaine tellement solitaire qu'un vaisseau sur l'Océan ne l'eût pas été davantage...

Passionnément il lui baisa la nuque, et la pressa dans ses bras d'une étreinte si serrée qu'elle étouffa.

« Je vous en prie ! » conjura-t-elle en agitant ses deux mains devant son visage.

Et plus bas :

« Comme hier encore... Comme hier... Cela seul... Une dernière fois... Je vous aime... Je n'ai pas de forces contre vous, mais je vous en supplie de toute mon âme ! »

Quand elle sentit les lèvres s'appuyer sur les siennes, elle gémit des deux coins de la bouche une plainte très longue et très grave comme si cette première volupté était déjà trop vive pour ses sens presque vierges. Puis ses lèvres aussi se turent et baisèrent. Sa poitrine se souleva, se renversa ; mais Psyché ne voulait pas tomber, et son amant ne l'y força point. Avec les sentiments les plus différents, tous deux s'enivraient ensemble d'une chasteté volontaire que leur seule délicatesse prolongeait au delà des derniers aveux. Elle s'était juré, dans le spasme suprême de ses énergies, qu'elle résisterait jusqu'au soir, et qu'ensuite le sort en serait jeté, si rien ne venait secourir sa volonté vaincue. Et lui, sûr de la fléchir, maître de l'y contraindre à sa fantaisie, Aimery goûtait une volupté intense à retarder son bonheur pour l'accroître sans cesse. Il tenait en ses ses deux mains, sous les cheveux et sous la joue, la tête faible de la jeune femme. Psyché n'y voyait plus, et le baiser de sa bouche était fervent ou léger, saisi ou perdu, languissant ou mobile, selon qu'Aimery écartait ou pressait tour à tour la tête inerte et enflammée.

***

Une cloche tinta.

« Qu'est-ce encore ? » dit Psyché inquiète.

Cette cloche la rappelait tout à coup aux réalités de l'existence. Le déjeuner était servi. Elle revint à elle en ouvrant plusieurs fois les paupières comme une rêveuse qui s'éveille. Elle se souvint peu à peu qu'elle arrivait d'un long voyage, et se mit à poser des questions d'une voix encore égarée.

Où étaient ses malles? Elles ne seraient là que dans trois heures. Sa chambre? Celle-ci. La chambre d'Aimery? Un peu plus loin. Elle parcourut nonchalamment des cabinets de toilette et des salles de bain qui lui plurent, ainsi qu'un petit boudoir-bibliothèque dont elle fit mentalement sa pièce d'élection. Puis, la cloche ayant sonné pour la seconde fois, Psyché découvrit qu'elle avait faim.

Ils descendirent ensemble le grand escalier. Ni dans les corridors, ni dans la salle à manger, aucun domestique n'apparaissait. Elle demanda :

« Êtes-vous servi par des esprits ?

— Je vous ai dit que le pays était enchanté

— Dites un mot de plus et je vous crois.

— La maison est presque inhabitée. Je n'y laisse que deux jardiniers et un ménage de portiers qui sont d'anciens domestiques et pourront vous servir, je l'espère ; mais je leur ai donné pour mot d'ordre que je ne voulais pas les apercevoir et qu'il fallait que tout fût fait sans que j'eusse à me mêler de rien.

— C'est gentil, dit Psyché. Comme vous je me fais servir le moins possible, et généralement hors de ma présence. Ma femme de chambre n'entre dans mon cabinet de toilette que lorsque j'en suis sortie. Laissez vos portiers dans leurs communs et que je ne les voie même pas autour de la table. Nous sommes en forêt : faisons comme à la chasse. Nous aurons des petits pâtés que vous découperez vous-même et vous ne me direz pas un mot qui soit aussi pour le valet.

— Tout ce que j'ai à vous dire, Psyché, quand je vous touche, est même trop mystérieux pour l'air qui nous entoure. Je voudrais vous le dire si bas, si bas, que si votre âme recèle une autre âme intérieure, plus secrète encore et plus pure, celle-là fût la seule à m'entendre.

— Celle-là ne vous a que trop entendu. Hier, elle vous entendait quand vous n'étiez plus là. Vous disiez toujours le même mot de la même voix, sur le même ton. Je vous ai mille fois repoussé ; mais je commence à croire vraiment que ce château est ensorcelé puisque je vous fuyais à Rome et que je suis arrivée ici.

— Vous n'êtes pas fataliste ?

— Et vous ?

— Depuis hier. »

Le ciel bleu au-dessus du parc arrondissait sa splendeur profonde. Psyché leva les yeux vers le ciel, mais au lieu d'en recevoir une réponse divine, elle n'y trouva plus qu'un souvenir brûlant. C'était sous un pareil azur que son émotion et celle d'Aimery étaient devenues amoureuses. Il lui prit la main. Elle le regarda. Ils se comprirent et, silencieusement unis, descendirent vers « l'autre » printemps.

IV

LE PARC

« Belle amie, lui dit-il, donnez-moi la main. Je la serrerai entre les miennes et vous me conduirez où il vous plaira.

— Par le jardin ?

— Par la vie. »

Psyché, lentement, lui tendit la main et répondit d'une voix timide :

« Choisissez une allée où vous resterez tel que vous avez été jusqu'ici.

— Vous doutez encore de moi ?

— J'ai confiance en vous. C'est ce qui me fait trembler. Ma destinée est en votre pouvoir comme la main que je vous abandonne et que vous caressez, mais qu'on pourrait broyer. Si vous n'êtes pas maître de votre cœur...

— Psyché !...

— Non ! ne me répondez pas. Je ne vous ai rien dit. Ce sont des rêveries qui hantent ma pensée. Je suis tellement habituée à la tristesse, qu'à tous les tournants de la vie je crois trouver un horizon noir ; mais sur nos têtes le ciel est bleu et autour de ma main votre main est sûre.

— Le croyez-vous enfin ?

— Oui. J'ai besoin de le croire, Aimery, et je n'ai pas le droit d'en douter. Vous êtes bon. Vous êtes délicat. Deux fois depuis hier vous me l'avez prouvé. Deux fois vous avez compris que j'étais dans vos bras sans m'offrir à vous et que ma joie dépendait surtout de votre réserve...

— La mienne aussi.

— Aimery, c'est vrai ?

— Je vous aime, Psyché ; quel désir puis-je poursuivre, qui ne soit pas d'abord le vôtre ? Ma joie, c'est votre main que vous m'avez donnée, ce sont vos yeux qui ne me reprochent rien, c'est votre bouche qui ne se détourne pas de la mienne, c'est votre voix qui ne me hait pas.

— Écoutez-moi... Je ne sais si vous me comprendrez. Dans la solitude où j'ai tant pleuré, où j'ai passé tant de nuits noires et de matinées mélancoliques, je ne connaissais plus qu'une consolation à laquelle j'attachais un prix inestimable parce qu'elle était la seule qui me fût restée. C'était la paix de ma conscience. Je lui ai tout sacrifié. Sur cette ambition j'ai joué mon destin. Elle me coûte si cher que si elle m'échappait je m'en irais dans la vie comme une égarée.

J'en perdrais la raison. Je n'y pense qu'en tremblant... Et alors... »

Elle s'était assise sur un banc de gazon et souriait tristement vers les yeux d'Aimery.

« Alors... même par cette journée adorable où pour la première fois la vie me semble douce... dans ce parc désert où je suis entre vos mains sans aucune défense et où cependant je me sens protégée par ce qu'il y a de meilleur en vous... Je pense que je pourrais peut-être... avec vous ! toujours avec vous !... être heureuse sans remords, amoureuse sans péché... vivre dans vos bras des jours enchantés dont tous les instants me laisseraient un souvenir absolument pur... et vous donner mon âme avec tant de ferveur que mon corps ne vous tentât plus. »

Il secoua la tête et dit avec tendresse :

« Il est trop tard, Psyché, je suis votre amant depuis hier, et rien ne pourra plus faire que je ne l'aie été.

— Dans le passé ? Que me dites-vous ?

— Dans un passé si proche, que j'en ai encore le parfum et la chaleur sur les lèvres. Vous ne soupçonniez pas l'amour ; vous m'avez donné le vôtre sans en avoii conscience ; et vous combattez encore dans un avenir incertain l'ennemi supposé qui vous effarouche, quand vous l'avez étreint, cet ennemi de vos rêves ; vous vous êtes unie à lui tout entière. C'est lui qui vous semble si doux.

— Non, dit-elle, non ; ce n'est pas l'Irréparable...

— Vous croyez ? »

Psyché allait répondre. Une pudeur la retint. D'ailleurs, que savait-elle ? Si peu. Aimery ? Tant. Elle hésita, puis s'intimida parce qu'elle se taisait et, se sentant rougir, elle inclina la tête.

« N'en doutez pas, dit Aimery. Quand deux amants ont uni leurs lèvres, l'amour leur a donné, non ce qu'il a de plus pur, car tout est pur autour de lui, mais ce qu'il a d'inexprimable et ce qu'il nous laisse d'éternel.

— L'éternel souvenir ; non l'éternel remords.

— Vous l'imaginez avec éloignement comme une victoire des sensualités, une fête de la matière humaine...

— Je ne l'imagine pas ! Je ne le connais pas !

— ... quand il est au contraire l'évocation sublime de l'être immatériel qui se révèle en nous ! »

Aimery saisit la jeune femme dans ses bras, et chercha sa bouche entr'ouverte.

« Avez-vous écrit, vous aussi, sur votre

album intime, ce vieux vers que toutes les jeunes filles ont copié au moins une fois : « Aimer, c'est être deux et ne se sentir qu'un » ? On leur fait croire que c'est une définition de l'amitié ; mais celles-là seules qui connaissent déjà le lit d'amour et toutes ses chaleurs, comprennent que c'est le secret de l'extase amoureuse. Quand je touche vos lèvres, Psyché, vous êtes moi. Je respire par votre poitrine, je pense par votre cerveau, je frissonne par vos nerfs, j'éprouve par vos sens. Dans ma main qui presse la vôtre, c'est votre sang qui circule. Si vos yeux s'éclairent, c'est mon propre désir, s'ils se ferment, c'est ma volupté, qui vous envahissent et qui les animent. Le physique de l'amour charnel est anéanti par l'amour lui-même comme la graine éclate et tombe en poussière à l'ombre de l'arbre qu'elle a créé. Sentez-vous, Psyché, sentez-vous que le toucher de la bouche à la bouche, si brûlant soit-il, n'est plus rien, sous le miracle soudain d'immatérialité qui s'éveille autour de nous? Et me comprenez-vous enfin : l'amour ne saurait créer d'autres prodiges que celui-là : une vierge est une amante dès que le baiser la touche. L'étreinte lui réserve la même ivresse, la même ! exaltée au centuple mais identiquement pure.

— Oh ! pourquoi me parlez-vous ainsi ? »

Ils marchaient de nouveau, côte à côte, lentement, le long des buissons encore bruns dont toutes les brindilles poussaient une pointe verte.

A leurs pieds, l'herbe neuve, plus hâtive que les arbres, poussait le long des fourrés, pénétrait les branches basses. Les troncs eux-mêmes avaient un aspect verdissant et heureux. Les rameaux bleus luisaient sous la lumière frisante. Les écorces étaient molles de sève. Des respirations aériennes soulevaient les cimes souples des frênes vers le ciel.

Elle soupira, sans forces :

« Pourquoi m'aimez-vous ? Pourquoi entre toutes les femmes est-ce moi que vous avez choisie, moi si étrangère aux secrets de l'amour qu'en vous écoutant je vous comprends à peine... moi qui ne sais ni vous répondre... ni vous céder... ni vous fuir...

— Psyché, vos yeux sont bleus comme les climats tranquilles où vos yeux d'enfant cherchaient le paradis ; mais je ne vous aime pas pour vos yeux. Vos cheveux blonds sont légers comme des ombres claires et doux comme des regards de tendresse ; je ne vous aime pas pour vos cheveux. Toute la rumeur des mers est dans une coquille et tout le frisson de l'amour est sur votre bouche ; si vos lèvres cessent de me toucher le meilleur de ma vie me quitte avec elles ; mais je ne vous aime pas pour votre bouche, Psyché, ni pour votre visage, ni pour vos chères mains. S'il se trouvait au monde une femme qui eût toute votre beauté... et qui ne fût pas vous, je ne l'aimerais pas. Vous me demandez pourquoi je vous aime ? Mais je suis votre corps, Psyché, vous êtes mon âme. »

Il serra sur sa poitrine la petite main brûlante qu'il tenait toujours et dit :

« Ne me regardez plus. Voyez où nous sommes. C'est ici que je voulais vous conduire... »

Mais Psyché ne le quittait pas des yeux. Un long regard anxieux et limpide coulait d'elle à lui, sous l'ombre des cils, continuellement.

« Voyez, dit Aimery, c'est le Vieux Château ; c'est lui qui a donné son nom au domaine. Vous étiez si curieuse de connaître ce nom. Ne voulez-vous plus le savoir ? »

Elle jeta un coup d'œil distrait, puis vaguement charmé sur la ruine rougie par le crépuscule ; puis elle s'émut, renversa la tête, sourit à la beauté du soir.

Du vieux château, il ne restait plus qu'un mur dont les fenêtres vides encadraient de leurs ogives des parcelles de ciel. Au coin de ce mur était une tour, seule restée debout et intacte.

« Il était une fois, dit Aimery, une princesse qui dormit cent ans, et dont l'amour seul dessilla les yeux. Le lit de ses songes et de ses noces est encore là, dans sa chambre de la tour. Voici le Château de la Belle-au-Bois-Dormant.

— Oh ! c'est lui ? dit Psyché.

— C'est lui.

— Montrez-le-moi ! »

Ils entrèrent, gravirent un escalier tournant qui les baigna de sa fraîcheur obscure, et poussèrent une porte basse qui se referma derrière eux.

Tout le soleil couchant était dans la chambre. Sur le lit large et bas, la courtepointe de soie ancienne brillait comme un lac rose à l'heure suprême de la lumière. Les murs d'or éteint semés d'hermines blanches se rallumaient au rayonnement pourpré qui envahissait l'atmosphère ; et la source de toute splendeur, l'astre rouge apparaissait dans la fenêtre éblouissante.

Psyché s'accouda sur la pierre d'appui.

L'horizon s'était élargi jusqu'à la mer.

On ne distinguait pas le ciel de l'océan. La même teinte écarlate peignait les airs et les eaux. Une immense vague enflammée se répandait sur toute la terre, et d'instant en instant perdait de sa clarté. Le soleil atteignait l'Atlantique. Il s'y coucha, de plus en plus sombre, et sa dernière goutte de sang lumineux s'évanouit comme une étoile.

Puis il ne resta plus de sa gloire qu'un petit nuage couleur de rose suspendu dans le ciel bleuissant.

Comme avec toute sa rêverie, Psyché contemplait cette nuée survivante qui gardait pour elle seule le souvenir du soleil quand la terre plongeait déjà dans la nuit, quatre vers admirables chantèrent dans sa mémoire. Et les premiers mots la firent tressaillir comme un avertissement qui fût monté en elle du fond de sa conscience :

Pars. Adieu. Je t'aimais.
Vois : le soleil rougit la mer occidentale,
Et ce nuage en fleur est le dernier pétale
De la rose du jour qui s'effeuille à jamais [1].

Aimery était debout auprès d'elle. Il n'avait pas quitté sa main... « Pars. Adieu. Je

1 J. M. de Heredia.

t'aimais »... Elle leva les yeux vers lui, ouvrit la bouche et répéta mentalement cet adieu qu'elle voulait dire, qu'elle ne pouvait prononcer, qui la brisait d'angoisse, s'étranglait dans sa gorge, étouffait sa poitrine serrée... mais les lèvres de l'amant touchaient déjà les siennes, et le baiser le plus ardent qu'elle eût encore reçu combattit le dernier sursaut de sa volonté fléchissante. Il lui sembla qu'elle marchait, qu'on l'entraînait lentement, dans l'ivresse continue que buvaient ses lèvres, vers le grand lit nuptial où la Princesse de la légende s'était éveillée à la vie dans les bras de son chevalier, et qu'elle s'endormait à l'amour près du même lit enchanté.

Peu à peu, les doigts qui lui soutenaient la nuque s'écartèrent. Elle comprit qu'on touchait à son col fermé, que la première agrafe s'ouvrait... Elle cria :

« Aimery !... »

Et elle lui saisit le bras.

Mais il ne luttait pas contre elle. Il attendait qu'elle cédât à ses lèvres et à ses yeux.

Elle le regarda désespérément, avec des larmes sur les prunelles, et pâle comme un être qui meurt, elle laissa retomber sa main.

V

ARACŒLI TENTÉE

Toute seule dans son large lit dont les draps étaient calmes comme ceux d'une vierge sage, Aracœli s'éveilla vers midi, après avoir dormi onze heures.

Elle sonna, fit chauffer son bain, s'étira en travers, plongea ses dix ongles faunesques dans sa chevelure épaisse et courte, s'étira encore, se cambra, sourit, et pour se dire bonjour se baisa l'épaule.

La baignoire où elle entra, dans un demi-sommeil mal délivré du rêve, lui était sympathique et douce. Aracœli aimait à se rappeler qu'un matin, pour lui plaire, Aimery l'avait prise là, dans la tiédeur de l'eau ; et elle savait lequel des deux cols de cygne elle avait serré de sa main humide à l'instant de son plaisir toujours reconnaissant.

Ces souvenirs-là étaient pour elle les jalons de sa jeune existence. Elle avait fait en sorte d'en avoir beaucoup.Outre son lit et ses trois divans qui en étaient pénétrés, elle avait encore un fauteuil devenu pour elle un ami, une bergère où elle ne s'enfonçait pas sans fermer les yeux, un petit tabouret, souvenir d'une folie, et même une chaise de la salle à manger, qu'elle avait marquée d'une soie verte pour la distinguer entre toutes.

Mais quand Aimery n'y était pas, elle l'attendait patiemment, comme elle se résignait sans peine, aux jours de pluie, avec la certitude qu'elle reverrait le beau temps.

Couchée dans sa baignoire blanche elle

caressa ses petits seins bruns que nul n'avait baisés depuis leur réveil, elle regarda son ventre pur, ses jambes qui n'avaient rien à faire, et elle goûta simplement les charmes de la solitude sans demander au destin ce qu'il ne lui donnait pas.

Comme elle s'attardait au fond de son bain, une femme de chambre vint la prévenir que madame la manucure était arrivée.

Aracœli sortit de l'eau claire en étirant ses bras le long de ses hanches fines et, séchée, revint à sa chambre où elle s'allongea toute nue sur le lit.

Madame Brémondel était une ancienne infirmière qui avait un jour quitté l'hôpital pour les maisons hospitalières sans y rencontrer le succès que les internes lui avaient prédit. De déboires en déboires et de chute en chute, elle était tombée à un point où elle avait enfin compris que même en faisant argent de toute sa personne, une femme n'arrive pas toujours à gagner son pain ; et dès lors elle s'était résignée à prendre un métier honnête. Celui de manucure s'offrait à son choix : par une vocation tardive, elle parvint à y exceller.

La jeune Hindoue était déjà sur sa couche et madame Brémondel n'osait pas approcher. Madame Brémondel n'aimait pas les singes. Celui de la maison s'était embusqué sur le chemin qu'elle devait suivre. Aracœli fut obligée d'intervenir.

« Tarquin, viens ici, tu auras du sucre. »

Entre cent qualités qui le distinguaient du commun des singes, Tarquin avait celle d'entendre le français, ou du moins ses mots essentiels, comme : sucre, bâton, orange, noisette, balançoire et va te coucher.

Il sauta sur le lit. La manucure entra en

s'inclinant. Le singe, bien élevé, rendit le salut.

« Vous avez vu qu'il m'a saluée ? dit-elle vivement.

— Oui, madame Brémondel, mais ce n'est pas par respect. C'est même probablement pour se moquer de vous.

— Oh ! je n'attends pas de respect d'un singe ; cependant le vôtre a des moqueries qu'on peut prendre pour des politesses. Quel amour que votre Tarquin ! et si spirituel ! si futé ! Mais il a un singulier nom. Pourquoi l'appelez-vous ainsi ?

— C'est toute une histoire ! Vous ne connaissez pas la vie de Tarquin ? Tarquin a un crime sur la conscience.

— Un crime ? s'écria la manucure épouvantée.

— Mais oui ; c'est un singe célèbre. Il appartenait à un capitaine d'Algérie, là-bas, dans une oasis. Un jour la blanchisseuse arabe était venue laver le linge chez l'officier ; elle avait amené sa fille, une enfant de cinq ou six ans qui jouait dans le jardin. Tout à coup on a entendu des cris ! des cris ! et on a vu Tarquin qui violait la petite !

— Seigneur ! Quel petit monstre ! dit madame Brémondel avec attendrissement.

— Pensez-vous ? Et du reste il s'y prenait très bien ; tout à fait comme un monsieur. On est arrivé trop tard. Alors les Arabes voulaient le tuer. Le capitaine a été obligé de donner la bête ; c'est ainsi que Tarquin est venu à Paris et qu'il a mérité son nom.

— Eh bien !... A votre place je ne serais pas tranquille, madame Aracœli.

— Oh ! voyons ! Comment voulez-vous ! Il sait bien que ce n'est pas permis.

— Ce n'est pas à Tarquin que je pensais,

insinua la manucure. J'en connais qui lui ressemblent comme un homme à un singe et qui ne s'inquiéteraient guère de ce qui est permis s'ils étaient assis à ma place.

— Rassurez-vous. Ils n'y sont pas.

— Oh ! Je sais bien qu'en l'absence de M. Aimery, vous vous cloîtrez comme une recluse ; mais quand il est là vous recevez ses amis et... vous n'aimez pas à vous habiller, je ne crois pas que ce soit un secret ? Vous pensez bien certainement que cela n'a pas de danger pour personne ? On dépérit d'amour pour vous, madame Aracœli, je ne veux pas vous le cacher.

— Ah !

— Je ne dirai pas de noms, ce n'est pas mon rôle ; mais j'en suis bien informée... Et comment ne serait-on pas amoureux devant tant de beauté ! Vous êtes faites ! Comme une statue ! Des mains ! Ravissantes ! Une poitrine ! A mouler ! Des jambes ! Sans rivales ! Et vous avez la plus jolie chute de reins de Paris ; cela, je le disais encore hier à madame Rosine Alban, qui est si fière de la sienne (madame Alban de la Comédie-Française). Quand on vous a vue, on ne vous oublie pas.

— Mais comme vous êtes aimable aujourd'hui, Brémondel ! Si l'on vous entendait, on croirait que vous me faites la cour.

— Plaisantez-moi. Je vous assure que je suis tout émue en pensant à ce pauvre jeune homme, si bien lui-même, si beau garçon, et une âme d'élite, vous savez, incapable de séduire la maîtresse d'un ami ! Il a sa vie brisée par cet amour-là, mais plutôt que de se déclarer, il se tuera, comptez-y bien. »

Elle s'attendait à être interrompue par la question : « Comment s'appelle-t-il ? » Mais

Aracœli se tourna paresseusement sur le côté, tendit sa main gauche aux petits instruments qui venaient de chatouiller sa main droite, et elle dit de sa voix lente :

« Connaissez-vous ma nouvelle bague ? C'est Aimery qui me l'a donnée, samedi soir, pour mes dix-huit ans. Je désirais justement une bague comme celle-là. Il est gentil, Aimery. Il devine toujours ce qui me fera le plus de plaisir. »

Madame Brémondel admira la bague et, sans perdre contenance, reprit :

« Ah ! que ne vous donnerait-on pas ! Les bijoux sont faits pour vous. Tout vous va, l'or et les pierres, l'or qui sied si mal aux blondes vous orne comme une déesse. Savez-vous, madame Aracœli, je voudrais vous voir chaque jour un bijou nouveau.

— Oh ! pourquoi ? J'en ai bien assez.

— Que non, Grand Dieu ! on en donne

dix fois plus à des femmes qui ne seraient pas dignes de vous servir. Monsieur Aimery ne connaît pas son bonheur. Il ne vous aime pas comme il devrait. D'abord, pourquoi n'est-il pas là ? Est-ce qu'on fait des voyages quand on a trouvé une amie comme vous ? On ne la quitte pas d'un jour, pas d'une heure. Voilà ce qui s'appelle aimer. Vous mériteriez un amant comme il y en a, qui passerait sa vie à vos pieds.

— Sa vie à mes pieds, Brémondel ! Mais il s'ennuierait à périr !

— Monsieur Aimery, peut-être, mais un autre, non.

— Et comment saurait-il qu'il m'aime, s'il ne sentait jamais que je manque à son lit ? Aimy n'est jamais si tendre que les jours où il me revient.

— Il vous aime ? vous en êtes sûre ? »

La Brémondel jouait de hardiesse. Aracœli ne se fâcha pas, et même, renversant la tête sur l'oreiller, elle ne put s'empêcher de rire.

« Mon Dieu, quelle question ! Mais oui, j'en suis sûre !

— Enfin, s'il ne revenait pas ? Si dans un mois d'ici vous receviez une lettre au lieu d'un baiser ? S'il se mariait à l'automne comme le bruit en court partout ? Ce sont des choses qui arrivent pourtant.

— Il reviendra.

— Dans un mois ?

— Dans huit jours.

— Est-il heureux ! Est-il heureux d'inspirer une confiance pareille !

— Et si l'on vous parle de son mariage, vous pouvez hausser les épaules. »

Un instant, madame Brémondel regarda fixement la jeune fille, comme si elle hésitait à faire d'importantes révélations.

« Je devrais me taire, dit-elle enfin. D'abord je ne m'occupe jamais des choses qui ne me regardent pas. Et puis, j'ai peur de vous chagriner. Mais il faut que vous sachiez pourtant... »

Elle posa ses deux mains sur ses genoux et articula d'une voix horrifiée :

« Il vous trompe !

— Je le sais bien.

— Vous le saviez ?

— Je le lui permets.

— Et vous ne le lui rendez pas ?

— Non.

— Eh bien, madame Aracœli, voyez-vous, je sais tout le respect que je vous dois. Mais je vous aime trop pour me retenir. Vous n'êtes pas pour moi une cliente comme les autres. Depuis que je viens ici, que je vous vois si gentille, si jolie, si bon cœur, il m'a pris pour vous une affection comme si vous étiez ma fille, et j'ai les larmes aux yeux quand je vous entends parler, parce que vous serez trop malheureuse plus tard si vous continuez d'être si bonne.

— Vous croyez ?

— Si je le crois ! Allez, ça n'est pas pour rien que j'ai cinquante-cinq ans d'expérience. Vous êtes jeune, vous êtes confiante, vous avez un petit cœur tout frais, tout sincère ; vous vous figurez que plus on aime un homme et plus on le retient ! Détrompez-vous ! Tel que je connais monsieur Aimery vous ne lui seriez pas fidèle qu'il n'en serait pas plus amoureux.

— Vraiment !

— Quand vous sentirez qu'il se détache, rendez-le sérieusement jaloux et vous verrez alors comme il vous reviendra. Mais il faut garder ça pour les grandes occasions. La première fois si j'étais vous je ne lui en dirais pas un mot. C'est si facile, à Paris, de tromper un homme sans qu'il le sache ! Et puis, vous avez tous les droits pour vous. Personne ne vous jettera la pierre. Ça, c'est une question de morale : quand une honnête femme apprend que son amant a des maîtresses, elle peut s'amuser à son tour et rester une honnête femme. Il n'y a pas un reproche à lui dire. Alors, voilà ce que vous feriez, si vous m'écoutiez.

— Je vous écoute.

— Vous auriez deux amis au lieu d'un. D'abord pour le plaisir ; on n'en prend jamais trop quand on a votre âge. Ensuite, par prudence, afin que si l'un d'eux s'en va, l'autre reste, et qu'on ne se retrouve pas toute seule. Le second ami, vous le choisiriez jeune et beau, bien fait, riche et de grande famille. Vous avez le choix. Monsieur Aimery a de la fortune, mais celui à qui je pense est deux fois plus riche que lui, et surtout beaucoup mieux né ; car enfin, je ne dis pas de mal des Jouvelle, je ne les connais pas ; mais tout le monde sait que les Sarens... Mon Dieu ! j'ai dit le nom sans m'en apercevoir.

— Ah ! c'est Jean de Sarens qui vous envoie ?

— Oui... c'est-à-dire... Il ne m'envoie pas du tout ! Seigneur ! Il est bien loin de se douter... Mais j'ai vu sa douleur, ses larmes... Et moi qui vous aime tant aussi... Je me suis mise à pleurer... à... à »

La manucure tira son mouchoir de deuil.

Aracœli, toujours nonchalante, les deux mains derrière la nuque, et les genoux simplement croisés, répondit avec un sourire :

« Madame Brémondel, vous verrez ce soir M. de Sarens ?

— Je ne sais pas... Peut-être... J'irais le voir à l'instant si vous le désiriez.

— Bien. Dites-lui qu'il vous donne double prix, en ajoutant que vous avez fait sa commission et qu'elle vous coûte une cliente.

— Madame... Madame...

— Vous reviendrez, dans l'après-midi, faire régler votre compte par la bonne.

— Mais, Madame, je suis désespérée...

— Allez-vous en tout de suite, vieille horreur, ou je dis à Tarquin de vous mettre à la porte. »

VI

LE PAON BLANC

Deux paons blancs au poitrail carré traînaient dans une allée tachée de soleil et d'ombre leurs longues gerbes de plumes pures. Les jeux mobiles de la lumière peignaient leurs ailes des couleurs les plus tendres, le jaune du jour, le bleu des ombres, le rose, le vert léger des reflets forestiers, et sur ces deux blancheurs errantes passait le mirage du soleil.

Toute semblable, l'âme de Psyché laissait glisser sur elle des teintes idéales et qu'elle n'avait jamais connues. Une grande ombre avait disparu entre ses yeux et la Nature. Le voile inaccessible qui lui cachait le bonheur s'était levé comme un brouillard, et, joyeuse, étonnée, ailée, elle n'éprouvait plus d'angoisse devant la beauté des choses.

Elle croisa ses deux mains sur l'épaule d'Aimery et murmura en avançant la tête pour le voir de plus près :

« Mon amour, dis-moi la vérité : moi aussi, n'est-ce pas, j'ai dormi cent ans depuis avant-hier ? Je m'éveille dans un autre âge, peut-être sur une autre terre, où tout s'est transformé, tu vois : le parc, les oiseaux, la couleur du temps. Et tu n'es plus le même. Et je ne suis plus moi.

— Oui, tu as dormi cent ans. Rien n'existe plus que ce parc et nos formes ressuscitées, un nouvel Aimery, une autre Psyché.

— Ce nom-là fut le mien. Tu aimais Psyché... Comment puis-je te plaire aussi, moi qui n'ai plus rien de commun avec elle ?

— J'ai toujours aimé celle que tu es devenue ; non celle de jadis.

— Tu étais cependant bien tendre pour elle, si je puis me le rappeler encore ; mais les choses d'hier sont pour moi dans un lointain si reculé que je n'ai plus aucune certitude, si ce n'est ta présence, ta voix, ton baiser. »

Ce baiser les interrompit. Psyché pliait, encore rougissante mais souple et désarmée sur le bras de son amant La main d'Aimery toucha la ceinture, remonta vers le sein qu'elle prit avec passion. Sous un long sourire des yeux, Psyché confidentielle chuchota :

« C'est à toi... C'est à toi... »

La solitude et le silence du parc, la solitude plus vaste encore de la forêt où elle avait passé l'environnaient d'une zone infranchissable où le mystère de sa métamorphose gardait son caractère sacré.

Pas une âme ne se révélait dans le domaine de la Belle au Bois. Fidèles à l'ordre donné les jardiniers étaient rentrés dans leurs tanières et les valets dans leurs communs. On ne les voyait ni ne les entendait vivre. Au bout d'une allée tournante, Psyché découvrit un petit rond-point couvert de branches et de feuillages, un asile d'ombre verte où le déjeuner de chasse qu'elle avait désiré s'était servi sans que l'on sût comment. Les gens avaient mis le couvert à la dérobée, si bien que Psyché put dire et presque penser :

« Les esprits invisibles qui nous ont endormis nous serviront-ils sans fin ? »

Elle se pencha tout à coup, joyeuse d'avoir trouvé des violettes, les réunit et en couvrit la nappe, où des mains inconnues avaient déjà posé des roses. L'odeur de ces premières roses était la plus pénétrante qu'elle eût jamais rêvée. Le rond-point la ravissait, l'air était doux, l'ombre fraîche, les mets exquis, l'eau délicieuse, les carafes couvertes de buée et les fleurs de rosée et les feuilles de rayons.

Aimery la regardait s'extasier sur tout et jeter aux moindres objets ce premier sourire amoureux qui ne pouvait plus quitter ses lèvres. Elle était en état de plaisir permanent. Ses yeux changeaient à peine d'éclat et d'expression s'ils voyaient Aimery ou les arbres ou le verre d'eau pure ou la grève de l'allée. Elle semblait dire à toutes choses et avec le même élan : « Je vous aime... Je vous aime... Je vous aime... »

Lorsqu'ils se levèrent et qu'elle sentit de nouveau le bras d'Aimery serré autour de sa taille :

« Pourquoi nous toucher ? dit-elle. Si loin que tu sois, il me semble toujours que tu me caresses. »

Ensemble ils montèrent le perron et l'escalier du petit château, jusqu'à la chambre de Psyché. Après leur soirée dans la Tour, c'était là qu'ils avaient passé la nuit, et ils y revenaient, d'un accord tacite, invinciblement conduits l'un par l'autre.

⁂

Les rideaux des fenêtres tirés, la chambre fut assombrie d'une obscurité soudaine, à laquelle, peu à peu, les yeux s'habituèrent. Aimery et Psyché se perdirent de vue, puis se réapparurent. Elle sentit avec un nouveau frisson la main masculine ouvrir les agrafes de la chemisette, l'épingle et les quatre fermoirs de la jupe, les cordons mêlés des jupons, les grands boutons plats du pantalon tiède... Elle-même décroisa le busc de son petit corset et tira ses longs bas qui jonchèrent le reste ; puis, avec ce joli mouvement de pudeur malavisée qui accompagne souvent la chute de la robe, elle vint se blottir contre son amant, comme s'il devait la protéger, comme si l'ennemi était quelque part, dans la nuit, on ne savait où, mais ailleurs que dans ses bras.

Une plainte faible, une voix révélatrice d'un sentiment inexprimable sortit de ses lèvres lorsque Aimery s'étendit à côté d'elle et tout de suite leurs bouches se trouvèrent. Il la laissait lentement se réveiller au désir dans une étreinte passionnée mais vierge et qui ne sollicitait rien. Psyché restait presque immobile. De sa chasteté perdue il lui était resté une réserve indécise qui s'altérait en intimidation. Elle ne craignait plus tant de pécher que peut-être de mal pécher. Elle ne rougissait plus seulement de sa faute supposée, mais de son inexpérience certaine. L'amour lui était à ce point inconnu qu'elle en ignorait même les préliminaires ; et, simplement embrassée, elle se troublait comme une jeune fille qui, à sa première leçon de valse, ne saurait pas deviner quelle main elle doit mettre sur l'épaule de son cavalier. C'étaient des questions à voix basse : « Mon bras te fait mal... Non ?... Est-ce vrai ?... Ma jambe te pèse... Es-tu mieux ainsi ?... » Autant que sa pensée pouvait se délivrer de ses sens dans un pareil instant, elle cherchait à rassembler dans sa mémoire le peu qu'elle avait pu retenir des romans et des poèmes écrits par des amants... Mais *Indiana* et *Don Paëz* ne suffisaient pas à l'instruire. Elle se disait : « Je n'ai pas d'usages. » Tous les doutes la laissaient hésitante. Sa chemise, qui ne lui donnait aucune protection, était-il puéril de la conserver ou inconvenant de la quitter ? Sa coiffure bouleversée, devait-elle la défaire ? D'une voix douce comme un souffle elle murmura : « Veux-tu mes cheveux ? » Et comme il lui répondait : « Oui », elle retira sa broche de nuque, son peigne, ses fourches d'écaille blonde, ses épingles de fer et d'or, et secoua la tête en arrière, ouvrit toute sa chevelure, retomba sous elle dans les bras d'Aimery, heureuse et attendrie encore d'avoir eu cela de plus à lui donner.

Les cheveux innombrables se répandirent si légers qu'un instant leur chaleur odorante fit seule pressentir leur caresse. Ils se confondaient avec l'ombre. Aimery n'en trouvait pas la vague limite cendrée. Si loin qu'il étendît les bras il touchait toujours les douces boucles, qui fuyaient de ses doigts en ondes fines. Psyché l'enveloppait, soulevée sur un coude, le bordait comme un enfant dans ce grand voile animé qui était une moitié d'elle-même ; ses yeux brillaient d'une expression bien plus maternelle qu'amoureuse ; elle était contente, elle respirait vite, et, plus bas, Aimery attirait vers lui la chère tête devenue toute petite, enfermée dans le creux de sa main.

Cette chevelure les unissait, faisait de leur couple un seul être, une chrysalide entourée de soie où germait leur métamorphose. C'était un asile plus intime et plus étroit même que le lit ; c'était le cœur de leur cœur, le saint des saints de leur extase nocturne. Psyché brûlante et maintenant agitée se sentit là enfin dans le secret. Elle n'accueillit plus les caresses d'Aimery avec ce recul frissonnant du flanc qui se dérobe et qui n'ose éprouver. Toute sa nudité chaste, sa peau moite et tendre accepta l'étreinte de la tête aux pieds, et quand, pour ne rien obtenir que par elle, Aimery murmura sur sa bouche l'instance qui naguère l'effarouchait tant, Psyché, souriant vers le ciel, répondit : « Aimery ! » d'un ton qui voulait dire : « Pourquoi me le demandes-tu ? »

Elle devint pourpre. Le rouge intense de sa pudeur et de son plaisir enflamma sa belle tête couchée. Puis son regard se perdit lentement. Psyché ne vit plus rien ni hors d'elle, ni dans sa conscience éblouie.

Comme en songe, elle ouvrit avec les deux mains sa chevelure qui l'étouffait. Ses bras inertes retombèrent. Elle ne pensait plus. Gémissante, elle gisait dans ses cheveux défaits comme une victime poignardée. Elle sentait battre en elle son cœur accéléré qui forçait de hâte et de ferveur pour suffire à l'exaltation surhumaine de sa vie. Ses flancs haletaient. Sa bouche errante suffoqua tout à coup. Elle étreignit Aimery avec toutes les forces qui raidissaient encore ses membres délicats et elle poussa un cri ! un cri grave et âpre, tandis qu'elle étirait ses bras et que par toutes les extrémités de ses longs doigts étendus s'échappaient des secousses de volupté nerveuse qu'elle ne *pouvait* plus ressentir.

⁂

« Aimery ! répéta-t-elle. Aimery ! Mon Aimery ! » Elle ne savait plus lui parler. Il n'y avait pas de mots qui n'eussent affaibli tout ce que ses mains, ses yeux, sa bouche, sa poitrine pressante, sa tête secouée exprimaient avec tant d'élan. Réveillée de son inconscience elle regardait Aimery face à face, dans les prunelles, et ne le reconnaissait plus. Après avoir éprouvé sa propre joie, elle découvrait celle de son amant. Elle pensait : « Comment ! toi aussi ! »... Et alors elle ferma les paupières pour goûter jusqu'au fond de son être ce crépuscule de la sensation qui est l'heure ineffable de l'amour physique. C'était une clarté intérieure, une paix envahissante et saine, un frémissement lumineux qui montait, toujours plus tendre, de ses entrailles à sa pensée, de sa chair à son esprit, de son bien-être à son bonheur.

VII

L'APOGÉE

Jusqu'à la semaine suivante, Psyché ne se décida pas à défaire ses malles, soit qu'elle hésitât à s'installer, soit qu'elle n'en eût pas le temps. Elle prenait au hasard son linge dans les casiers en désordre. Pour le reste, son sac de maroquin ouvert sur une table suffisait à sa toilette. Mais le septième jour, en présence d'Aimery, elle consentit enfin à suspendre ses robes, à faire respirer ses chapeaux.

Elle aurait préféré qu'il ne fût pas là, devant ces détails intimes. Par une inconséquence qu'elle ne raisonnait pas, l'offre d'elle-même dans l'obscurité la choquait moins que cette exposition de son trousseau en pleine lumière. Elle y consentit pourtant. Que n'eût-elle pas accordé ? La malle fut ouverte, les casiers tirés par leurs anses et déposés sur des meubles.

« Tenez, mon ami ! dit Psyché. Voyez si je partais pour l'Italie ! Voici ma grammaire ! »

Ils en rirent.

« Pauvre grammaire ! Je n'ai jamais pu la lire jusqu'au verbe. Le seul mot italien que je sache est celui que nous disent les enfants quand nous leur demandons le chemin, et qui ressemble à un cri d'oiseau : *Cui ! Cui ! Cui !* »

Elle riait de tout.

« Mon vieux guide avec toutes ses notes ! J'avais seize ans. Je donnais des points aux statues. Celle-ci a une croix parce qu'elle est belle. Celle-ci deux croix parce qu'elle est très belle. Et celle-ci qui est magnifique, voyez donc comme elle est marquée !

— Je suis sûr que vous avez tenu un journal intime.

— Oui !... Je n'ose plus le relire et je n'ai jamais pu le brûler. Il est d'une naïveté incroyable. Je ne savais rien du tout de la vie et j'en parlais déjà comme un vieux philosophe. On a l'âme si simple à quinze ans ! tout ce qui n'est pas le mal, c'est le bien ; tout ce qui ne fait pas pleurer, fait rire.

— Mais j'ai encore cette âme-là !

— Vraiment ?

— Et j'espère bien que vous la retrouverez, s'il est vrai que vous l'ayez perdue ! La tristesse intime, c'est le doute, l'esprit critique, l'hésitation à sentir et à juger. Ayons quinze ans ! Tranchons nos opinions !

Disons : ceci est criminel, et cela est sublime ; cette statue est hideuse et celle-là est admirable ; hier j'étais désespéré, aujourd'hui je suis fou de joie ! Voilà des phrases criées par des cœurs heureux !

— Tu as raison. Je t'aime ainsi.

— Pour rien au monde je ne voudrais avoir l'esprit critique ! Le visage de ceux qui le possèdent suffit à m'en dégoûter.

— Tu es la jeunesse. Tu me révèles la mienne. A vingt-deux ans je me sentais vieille, mais si vieille, si désenchantée, si prête à mourir quand Dieu le voudrait !... Et puis tu es venu, te voici, et tout a disparu de ma mémoire entre mon journal d'enfant et mon arrivée à la Belle-au-Bois. Je crois de plus en plus que j'ai rêvé dans la tour.

— Certainement. Je te l'ai déjà dit.

— D'ailleurs... Psyché Vannetty...

— C'est ton nom de jeune fille.

— Tu vois bien ! »

Elle prit sa jupe avec quatre doigts comme pour faire une révérence :

« Et cette robe de pensionnaire ! Je suis une jeune fille enlevée aux siens par des artifices ténébreux, séquestrée dans un parc lointain, privée de défense et même de volonté !...

— Une pauvre adolescente ravie par un coupable séducteur...

— Frappée de suggestion...

— Ensorcelée...

— Et si c'était vrai ? »

Aimery répondit sans sourire :

« Il n'y a qu'un moyen de le savoir, c'est de chercher la marque.

— Quelle marque ?

— La marque du sorcier. Quand une personne est ensorcelée, sa peau est insensible en un point qu'il s'agit de trouver. »

Et il lui baisa le front, les yeux, la bouche, demandant chaque fois :

« Est-ce ici ? »

Et Psyché répondait :

« Non. »

Il lui baisa la nuque, lui caressa l'épaule, pressa la main tiède à ses lèvres :

« Est-ce ici ?

— Ne cherche pas, dit-elle à mi-voix, je suis tout entière sensible. »

***

Les malles défaites, Psyché se retira pour changer de costume et elle mit avec intention la robe grise à parements blancs qu'elle portait aux Buttes-Chaumont à l'heure où sa vie étonnée avait pris une autre route.

Le jeune homme la reconnut. Psyché en fut contente et jeta un coup d'œil involontaire sur son corsage. Entre elle et lui, sitôt après leur premier échange d'émotions, il y avait déjà des souvenirs, déjà un passé. Cette robe était la dernière qu'elle eût portée avant sa fuite, la dernière qui ne se fût point ouverte. Ses plis droits et ses bandes de drap blanc semblaient avoir gardé de la scène un caractère de chasteté. En revoyant la forme de la jupe, Aimery se rappelait des phrases entières que Psyché lui avait dites et qui allaient s'effacer de sa mémoire. Par une simple association d'idées, la robe à son tour répétait symboliquement le rôle de la résistance. Il semblait qu'ainsi vêtue, Psyché ne pouvait que répondre : « Non. Je ne vous suivrai pas. Je ne vous céderai jamais. »

Et comme, étant sortis, ils pénétraient de nouveau sous les allées couvertes du parc toujours solitaire, Aimery eut l'impression secrète que Psyché n'était pas encore toute à lui, parce que sa robe grise n avait pas cédé. D'abord il douta si cette allusion l'exaltait ou le glaçait. Puis il se rapprocha et mit son bras gauche autour de la jeune femme pour l'entraîner plus vite.

De jour en jour le sentiment qu'il éprouvait pour elle se teintait de sensualité. Celui qu'elle lui rendait, bien qu'un peu plus vague, suivait de loin le même détour.

« Psyché, lui dit-il, si je faisais des vers sur vous, je vous comparerais à une statue par un crépuscule du matin. Le premier rayon du jour n'éclaire que les cheveux et les yeux du marbre. C'est tout ce que j'aimais de vous quand je vous adorais et que vous me repoussiez. Et puis, vous m'avez donné vos lèvres : tout s'est éclairé jusque-là. Et puis la lumière, lentement, est descendue jusqu'à tes pieds.

— Aimery, ne le dis pas.

— Et aujourd'hui cette robe m'est insupportable.

— Chut ! »

Affectueusement, elle lui ferma la bouche.

« La statue du poème n'est donc pas habillée?

— Non.

— Alors, ce n'est pas la statue du Jour ; c'est à peine celle de la Nuit. »

Mais elle ne put murmurer sa phrase sans qu'une ondulation chaude comme un souvenir voluptueux ne fît monter en elle et jusqu'à sa nuque la réponse du corps à l'esprit.

Aimery avait ressenti le mouvement dans l'étreinte légère de son bras.

« Et pourquoi, dit-il, ne serait-ce pas l'image du Jour ? L'amour seul se plaît aux ombres. La beauté est le don du soleil. Viens. Sais-tu ce qu'enferme cette porte ? C'est le jardin secret du parc. La voici ouverte et reclose derrière nous. Où nous sommes arrivés, personne au monde ne peut plus te suivre ni t'épier. Il n'est pas de maison forte ni de chambre verrouillée qui soit mieux défendue que ce labyrinthe vert entouré de murailles. Voici la source de la rivière qui traverse tout le domaine. Le soleil est brûlant. C'est presque un jour d'été... »

Psyché ne lui laissa pas le temps d'achever. Non. C'était pour elle une chose impossible. Elle le suppliait de n'y plus penser. Une inquiétude aimante animait ses yeux tandis qu'elle lui parlait avec des caresses, les mains aux joues, la bouche presque sur la bouche : elle ne voulait rien lui refuser, et surtout ne lui faire aucune peine, mais se dévoiler au soleil, oh ! non ! non ! Quelque chose d'insurmontable l'empêchait de lui accorder cela. Et dès qu'elle eut reçu d'Aimery un sourire qui n'insistait plus, elle se mit à parler des bois et des fleurs et de la source bleue dont le bruit couvrait sa voix, et du printemps chaque jour plus tendre et de sa joie d'aimer avec toute la nature. On eût dit qu'elle cherchait bien vite à distraire Aimery par un autre enthousiasme pour chasser de son esprit l'idée malheureuse qui s'y était égarée.

Puis elle consentit à revoir la Tour ; et là, dans la chambre obscurcie, quand les rideaux fermés eurent enfin rassuré son goût pour le mystère, elle eut une sorte de soulagement à voir qu'Aimery ne la chérissait pas moins pour n'avoir pas obtenu d'elle ce qu'elle ne pouvait lui donner.

La robe grise fut vaincue sans lutte. Son inviolabilité s'évanouit avec le jour. Psyché ne résistait plus qu'à la lumière du ciel. Dans l'ombre elle était désarmée.

Reconnaissante d'avoir été obéie, elle se

donna selon son cœur, avec un élan d'affection qu'elle n'avait pas encore manifesté si vif. Aimery la vit franchir un degré de plus vers l'émotion suprême des sens. Dans ses bras où elle restait auparavant silencieuse et comme recueillie sous la volupté, elle osa enfin rompre le silence, crier son amour, presque son plaisir.

Aimery l'écoutait dans un songe. Elle parlait, d'une voix vague et faible, respirait entre les mots, tournait la tête sans détourner le regard.

Entre deux étreintes, elle lui dit, la tête couchée dans ses cheveux :

« Des choses que je n'avais jamais comprises... des phrases s'éclairent... des mots changent de sens... Tu m'avais promis le Sang merveilleux qui révèle le chant des Oiseaux... Il me semble que j'entends pour la première fois le langage étrange de l'Amour... Ces *ardeurs*, ces *feux*, ces *flammes*, c'était pour moi une langue inintelligible, que je croyais sotte et surannée... On ne brûle pas pour quelqu'un, me disais-je... Et comment nommer ce que j'éprouve si ce n'est pas brûler, brûler... »

Elle ferma ses bras.

« Et ce *cœur* bondissant qui bat ma poitrine, que te donnerais-je Aimery, si je ne te le donnais pas ! »

Ils se réenlacèrent et ne parlèrent plus, leurs lèvres s'étant unies. S'il est dans la vie de quelques amants un sommet, une apogée, un instant incomparable où tout à coup le bonheur se pose, Aimery et Psyché connurent ce miracle en cet instant de ce jour-là, et rien que la mort ne put le leur faire oublier.

⁂

Le soir du même jour, Psyché resta seule plus d'une heure. Elle s'était allongée sur un lit de repos dans le boudoir de son appartement. Endormie, éveillée, rêvante à la fois, elle se sentait anéantie, mais prise par un tel calme de l'esprit et des sens que jamais elle n'avait rien connu d'aussi doux. Plus de désirs, plus de pensée : une sérénité délicieuse répandue en elle, vaste comme le ciel dans l'eau immobile. Ah ! l'inexprimable paix ! « Je suis heureuse... je suis heureuse... » Elle n'osait plus bouger ni rouvrir les yeux de peur de faire fuir le bonheur attardé le long de sa rêverie.

. . . .

Et pourtant elle se leva... Aimery ? Où était-il ? Tout ce qu'elle avait éprouvé, lui aussi avait dû le ressentir. Elle et lui n'étaient plus qu'une chair et qu'un frisson. Elle ne voulait pas être heureuse sans lui... Aimery ?... Elle le chercha pour ne plus le quitter.

Une lampe à la main elle entra doucement dans une petite pièce écartée où elle avait coutume d'écrire et sur la table elle vit une page dont l'encre était encore fraîche ; c'étaient des stances, des vers... Psyché... Le premier mot était son nom.

Elle lut en se penchant :

Psyché, ma sœur, écoute immobile, et frissonne...
Le bonheur vient, nous touche et nous parle à genoux.
Pressons nos mains. Sois grave. Ecoute encor... Per-
[sonne
N'est plus heureux ce soir, n'est plus divin que nous.

Une immense tendresse attire à travers l'ombre
Nos yeux presque fermés. Que reste-t-il encor
Du baiser qui s'apaise et du soupir qui sombre ?
La vie a retourné notre sablier d'or.

C'est notre heure éternelle, éternellement grande,
L'heure qui va survivre à ce fragile amour
Comme un voile embaumé de rose et de lavande
Conserve après cent ans la jeunesse d'un jour.

Plus tard, ô ma Psyché, quand des nuits étrangères
Auront passé sur vous qui ne m'attendrez plus,
Quand d'autres, s'il se peut, amie aux mains légères,
Jaloux de mon prénom, toucheront vos pieds nus,

Rappelez-vous qu'un soir nous vécûmes ensemble
L'heure unique, où les Dieux accordent un instant
A la tête qui penche, à l'épaule qui tremble
L'esprit pur de la vie en fuite avec le temps,

Rappelez-vous qu'un soir, couchés sur notre couche,
En caressant nos doigts frémissants de s'unir
Nous avons échangé de la bouche à la bouche
La perle impérissable où dort le Souvenir.

Depuis la troisième strophe, Psyché avait pâli.

« Ce fragile amour... Plus tard... Vous ne m'attendrez plus... D'autres... Rappelez-vous... Le Temps... Le Souvenir... »

La feuille tremble dans ses mains blanches

« Ce n'est pas vrai... Ce n'est pas lui ! Ce n'est pas lui qui a écrit cela ! »

Puis une atroce angoisse la saisit au sein. Elle se laissa tomber, les bras sur la table, les yeux sur le bras, secouée de sanglots, reprise à jamais par la main de la Douleur. Et plus faible, plus défaillante que si elle eût pleuré ses larmes sur les cendres de son amant, elle répétait de sa voix désespérée :

« Il ne m'aime plus... Mon Dieu ! il ne m'aime déjà plus. »

TROISIÈME PARTIE

I

Une heure plus tard, Aimery la retrouva dans sa chambre pleine de nuit.

Elle était debout à la fenêtre, le coude sur le mur et le front dans la main. Elle regardait au hasard, par delà les prés obscurs et la pièce d'eau étoilée.

Pourquoi restait-elle sans lumière ? Aimery le lui demanda : elle secoua la tête et, avant même qu'il lui eût baisé la joue, il sentit qu'elle avait pleuré.

« Encore des larmes, Psyché ! des larmes le soir d'un tel jour ! »

Épuisée, elle ne sut répondre ni qu'elle

pleurait d'angoisse, comme il était vrai, ni qu'elle pleurait de joie comme elle voulut le dire. Elle murmura : « Ce n'est rien. Je t'aime », mais d'une voix qui s'altérait. Elle toussa pour changer de ton.

« Ce n'est rien, reprit-elle. Je t'aime et je pleure. J'ai toujours pleuré, tu le sais bien. Mon bonheur et ma peine finissent par les mêmes larmes, et celles de ce soir coulent je ne sais pourquoi. »

Il ne lui parla plus, mais fixa sur elle ses yeux inquiets et très tendres. Les deux regards mêlèrent leurs ondes silencieuses. Celui d'Aimery était si clair, si franc, si animé de lumière aimante, qu'un instant elle douta de son propre doute.

Ici s'arrête le manuscrit de Pierre Louÿs.

POSTFACE
de
CLAUDE FARRÈRE

LA FIN DE « PSYCHÉ »

LA FIN DE « PSYCHÉ »

De la troisième et dernière partie de la *Psyché* de Pierre Louÿs, seules subsistent les quelques lignes qu'on vient de lire. Entendons que seules ces dernières lignes-là ont été, après la mort du poète, retrouvées.

Il est néanmoins plus que probable que la *Psyché* fut écrite entièrement. Il est même certain que plusieurs des chapitres de cette troisième partie, disparue aujourd'hui, existaient dès 1911 ou 1912. Nous savons en effet que Pierre Louys fit le premier tiers de son livre à Biarritz, en 1906, et le second à Tamaris, en 1907. Et nous savons aussi qu'après 1907 il s'interrompit, agité de scrupules ou de répugnances bizarres. Mais je sais encore, moi qui écris ceci, que, vers 1912, Pierre Louÿs, qui deux ou trois ans plus tôt m'avait un soir lu la première partie de *Psyché*, m'en montra les tout derniers chapitres, ceux-là mêmes qui relatent la mort de l'héroïne. Et je sais enfin que, à l'été de 1913, Thierry Sandre, alors soldat permissionnaire, rendant visite, rue de Boulainvilliers, à notre maître commun, l'entendit répondre à une question anxieuse :

— *Psyché ?* cher ami ? J'ai terminé *Psyché*. Je l'ai même terminée, exactement, le 13 juillet de cette année.

Une telle parole m'apparaît décisive. Pierre Louÿs n'avait point accoutumé de se vanter, même à propos. La *Psyché* qui nous est parvenue n'est pas inachevée, mais mutilée. Et nous gardons l'espoir qu'un jour le dernier fragment, inexplicablement égaré, de cette grande œuvre sera restitué à la littérature française.

Ici, une objection s'impose : cette *Psyché*, vraisemblablement parfaite dès le 13 juillet 1913, pourquoi Pierre Louÿs ne la publia-t-il pas aussitôt ? pourquoi ne la publia-t-il jamais, au cours des douze années qu'il vécut encore, de 1913 à 1925 ?

Thierry Sandre et moi, qui avons été peut-être les deux plus intimes amis de Pierre Louÿs, au moins vers la fin de sa vie, hésitons un peu à dire là-dessus tout notre sentiment.

Pierre Louÿs eut en effet plusieurs raisons de garder sous le boisseau son œuvre suprême ; plusieurs raisons, dont beaucoup n'étaient que des prétextes, tant pour soi-même que pour autrui, mais dont quelques-unes étaient de vraies raisons, graves et exigeantes. Telles de ces raisons-là ne peuvent être encore données, même aujourd'hui : il n'est pas bon de sortir toutes les vérités de leurs puits, quand on parle d'un grand mort et que les vivants qui l'ont entouré continuent de vivre. Toutefois, il serait difficile de vraiment expliquer la *Psyché*, d'en indiquer le dénouement et d'en pronostiquer la plus délicate péripétie, celle que Louys écrivit vraisemblablement la dernière, si d'abord on ne rapportait l'œuvre à l'ouvrier, et si l'on ne montrait un peu ce que représente toujours dans la vie d'un puissant écrivain son livre capital... en l'occurrence, ce que représenta *Psyché* dans la vie de Pierre Louÿs...

Quiconque écrit fait son propre portrait. Parménide, — je cite Pierre Louÿs lui-même, — Parménide découvrit et enseigna que l'homme est identique à sa pensée, et identique aussi à l'objet de cette pensée. Un corollaire aisé permet d'affirmer que le romancier est donc identique à son roman, et identique aux personnages de son roman. L'auteur du *Roi Pausole* avouait volontiers s'être senti tour à tour, au temps qu'il inventait cette capricieuse épopée, l'âme du roi illogique et débonnaire, l'âme du page fantaisiste, et même l'âme du grand eunuque huguenot. Rien de moins discutable, au demeurant : Pierre Louÿs avait en soi tant d'équité que nul mieux que lui n'était capable, l'occasion échéant, de soutenir de bonne foi, et jusqu'à leurs plus extrêmes conséquences, les pires théories des pires sophistes, quoique les détestant d'instinct pardessus tout.

A plus forte raison pouvait-il et devait-il

soutenir ses propres théories, qui furent toujours sages et justes. Et si nul des êtres si réels qu'il créa, depuis la Concha du *Pantin* jusqu'au Parrhasios des *Sanguines*, ne lui fut du tout étranger, nous avons le droit d'admettre que Psyché Vannetty, et mademoiselle Aracœli, et surtout Aimery Jouvelle ont incarné, à la fois, Pierre Louÿs. Voire, ces trois créatures si profondément humaines sont beaucoup plus que les simples matérialisations momentanées d'un rêve, ou d'une hypothèse, ou d'une opinion. Elles figurent l'homme qui les fit dans tous ses traits essentiels. Et, si Pierre Louÿs n'a pu ni voulu publier sa *Psyché*, c'est peut-être d'abord qu'une pudeur mystérieuse le retint à l'instant de révéler à toute la terre telle ou telle profonde blessure que la vie lui avait faite au cœur, et dont il se complaisait à souffrir seul et sans cris.

Qu'on veuille bien y songer un moment : qu'est, en somme, *Psyché ?*

Le roman éternel de tous les héros que leur destin a inopinément jetés entre un rêve et la vie.

Le rêve, ici, s'appelle Psyché Vannetty. La vie, Aracœli. Comme jadis Héraclès, Aimery Jouvelle n'hésite nullement dans son choix. Mais en fin de compte son choix se retournera contre lui, comme il advint au fils d'Alcmène, — parce que tout rêve réalisé déçoit le rêveur, et parce que la vie toujours se venge de ceux qui ont osé lui préférer un idéal.

Une telle œuvre, quand l'auteur y conte sa propre histoire, et non pas tant ni seulement son histoire authentique, mais son histoire imaginée, extrapolée; l'histoire, non de ses faits, mais de ses espoirs, et des gestes qu'il aurait voulu accomplir ; une telle œuvre a de quoi faire peur à qui la fit.

Un autre scrupule retint peut-être encore Pierre Louÿs.

Il avait, toute sa vie, chanté l'amour, — de l'*Astarté* jusqu'à l'*Archipel ;* — mais l'amour exclusivement sensuel qu'avaient avant lui chanté ses grands inspirateurs, les maîtres d'Athènes, ceux d'Alexandrie, ceux de Syracuse. Le jour qu'il inventa *Psyché*, un amour différent, jusqu'alors inconnu ou dédaigné, s'était révélé à lui : l'amour plus complexe des êtres plus évolués, l'amour total qui ambitionne mieux que les simples voluptés de la chair, l'amour qui tend à joindre et à mêler non seulement les corps mais les esprits, et les cœurs, et les intelligences. C'est à cette passion plus moderne que Pierre Louÿs, brûlant ses anciens dieux, avait résolu de consacrer son suprême effort. Opposer l'un à l'autre ces deux symboles, — Psyché Vannetty, Aracœli, — il y avait là de quoi tenter tous les artistes. Certes ! Mais Pierre Louÿs n'était pas qu'un artiste. En ce cerveau, l'un des plus étonnants qui jamais aient existé, une impitoyable sagesse veillait perpétuellement, dirigeant un esprit critique aussi impérieux qu'était l'autre esprit, l'esprit créateur du poète. Ceux qui liront jusqu'au bout ces pages-ci, où je vais tâcher de résumer la fin de *Psyché*, se demanderont sans doute avec moi si le dénouement qu'avait d'abord conçu le poète ne fut pas modifié par le philosophe, et si le dénouement du philosophe ne déchira pas le poète. Pris entre sa clairvoyance aiguë et sa tendre prédilection, peut-être est-ce volontairement qu'il se réfugia dans le silence.

⁂

Ce dénouement, qu'était-il donc ?

Le plus logique. Le plus fatal. Celui que la vie, ou le destin, ou les dieux, avaient marqué d'avance, irrévocablement.

Psyché Vannetty, à la lueur de la lampe symbolique, a lu les vers, les si beaux vers qu'Aimery Jouvelle vient d'écrire. L'encre n'en est pas sèche encore. Et déjà Psyché Vannetty sait qu'Aimery Jouvelle ne l'aime plus. Mais Aimery Jouvelle, lui, n'en sait rien, ni n'en saura rien de longtemps.

Comment saurait-il ? Les poètes devinent-ils jamais qui leur dicte leurs poèmes, et pour quelles fins ? Aimery Jouvelle a écrit d'un trait. Et il a cru, de bonne foi, jeter sur son papier son amour même, comme une cassolette épand son parfum. Mais Psyché Vannetty ne s'y est pas trompée. Il n'est pas bon de promener des lampes dans la nuit. Qui s'y risque voit tout d'un coup trop clair. Psyché

Vannetty, qui a cherché plus loin qu'il ne fallait, vient de trouver ce qu'il ne fallait pas...

Ce sont de très bonnes fées qui ont doué l'homme du mensonge.

Voici donc que le drame commence. Le drame vrai.

Aimery n'aime plus et croit aimer encore. Psyché sait n'être plus aimée...

Elle va donc tenter tout pour reconquérir l'amour qui lui échappe. Aimery, inconscient, ne mettra à rien nul obstacle.

Et des jours suivront, pareils en apparence aux jours qui ont précédé.

Les deux amants, retranchés du monde dans leur solitude voluptueuse, n'y peuvent cependant pas rester sans fin. Louÿs avait médité d'intituler son livre *La Semaine du Printemps*. Sans doute se souvenait-il d'avoir écrit jadis, d'avoir pensé peut-être qu'une seule nuit suffit à un couple pour épuiser toute la coupe des ivresses réciproques. Converti par la suite à des amours moins brèves, il leur fixait tout de même la limite d'une semaine, ou de deux, ou de trois. Aimery n'a guère mis plus de sept jours à se rassasier de Psyché. Et, si le tête-à-tête des deux amants se prolongeait exagérément, Aimery s'apercevrait vite qu'il est rassasié. Il ne le faut pas. Au demeurant, tous les rêves ont tôt fait de s'évanouir devant la vie.

Il faut donc que Psyché et qu'Aimery quittent le château de la Belle au Bois Dormant. Il faut qu'alors Psyché n'ait point encore perdu tout espoir, et il faut qu'Aimery ait gardé toute illusion.

Une péripétie s'impose ici, — celle même que Pierre Louÿs réserva si longtemps, avant de se décider à l'écrire. Lasse d'attendre à

Paris son seigneur et ami, qu'elle imaginait de retour au bout d'une seule semaine, la belle Aracœli se décide inopinément à voyager elle-même, et, tout d'un coup, part pour ces Indes Orientales d'où jadis elle était venue. Elle part tout paisiblement, comme pour une simple promenade. Et elle ne manque pas d'annoncer son départ. Elle en écrit à Aimery la plus gracieuse, la plus souriante des lettres. Elle reviendra d'ailleurs, la chose va de soi. Elle reviendra quand il lui chantera de revenir, ou quand elle sera lasse d'aller droit devant elle, ou, qui sait ? quand on la rappellera... s'il ne lui déplaît pas alors d'être rappelée ! Et voilà pour Aracœli.

... Et voilà, de ce coup, Psyché Vannetty délivrée d'une rivale...

— Le croyez-vous ? — Voilà peut-être, au contraire, une rivale suscitée à Psyché Vannetty ! Aracœli présente était peu de chose, on l'a vu. Aracœli lointaine risque d'être plus redoutable. En amour comme en escrime, rompre n'est pas seulement la plus adroite parade, c'est aussi la plus menaçante escousse.

Il est bien certain qu'Aimery Jouvelle, quand il a rencontré Psyché et qu'il s'est épris d'elle, avait Aracœli sous la main, et ne s'en souciait guère. A présent qu'Aracœli n'est plus là, n'y songera-t-il pas un peu trop, pour le repos de Psyché ?

En tout cas, Aracœli partie pour les Indes, Aimery se croit contraint et forcé de regagner soudain Paris. Et c'est la fin de cette *Semaine de Printemps*, qui n'a pas duré beaucoup plus de vingt jours. Accordant à son héroïne un sursis compatissant, Pierre Louÿs, — *magis amica veritas !* — n'a pas voulu faire davantage.

Psyché Vannetty est de retour à Paris. Elle n'y revoit pas l'ingénieux, trop ingénieux abbé Tholozan. — A quoi bon, désormais ? — Mais elle y revoit madame de Jaulgonne, à qui elle ne cache rien, et qui ne sait que lui conseiller. Elle y revoit madame de Horges, madame de Gesles et mademoiselle de Vieux-Cernay. Elle y revoit MM. de Sarens et René Marcenay. Bref, sa vie d'autrefois a repris possession d'elle. Elle n'en continue pas moins d'être la maîtresse d'Aimery Jouvelle. Mais en secret. Et quelle distance, de ces amours parisiennes et furtives au libre épanouissement de leurs tendresses d'hier, dans le château perdu et dans son parc fleuri de paons blancs !

Psyché souffre déjà et chaque jour un peu plus. Pourtant son amant lui est fidèle. Mais elle le sent se détacher.

Car il n'aime plus. Et il n'a pas été très

long à s'en apercevoir lui-même. Quelques heures de Paris lui ont suffi à voir clair en soi. Le printemps de l'Ile-de-France vaut le printemps de la Bretagne. Aimery en a respiré les effluves avec tant de douceur que, tout de suite, le château de la Belle au Bois Dormant s'est estompé dans son souvenir comme une chose déjà très lointaine.

Alors, c'est la fin. Une fin très lente, un menu déchirement qui se prolonge, s'aggravant, s'élargissant.

Psyché Vannetty, certes, a lutté. Mais elle est le contraire d'une combative. Et puis, lutter est vite dit ! est-ce qu'on lutte avec le néant ? Une amoureuse se défend contre une rivale. Mais Psyché Vannetty n'a pas de rivale, — tangible. — Elle n'en a plus, depuis que la belle Aracœli est partie...

La belle Aracœli reviendra un jour. Mais,

ce jour-là, la pauvre Psyché aura déjà, depuis des nuits, renoncé à l'inutile bataille. Puisqu'elle n'est plus aimée, n'est-ce pas ! puisque rien n'a servi de rien, ni ses tentatives sentimentales, ni ses tentatives sensuelles, les unes et les autres paralysées par la certitude de l'échec et du désastre ! puisque, chaque jour, Aimery s'éloigne, s'éloigne, s'éloigne !...

Madame de Jaulgonne, dès la première heure de l'aventure, en a fixé le dénouement : « Quand tu seras toute à lui, il aura cessé de t'aimer... Les hommes sont ainsi... Et le jour qu'il t'abandonnera, ta vie sera brisée... Tout cela finirait dans une chapelle de Carmélites, je n'en serais pas surprise. Avec toi, ce qu'il faut prévoir, c'est une fin par le tombeau. »

Il n'est pas encore question de tombeau,

assurément. Mais six mois ont cependant passé et voici que, tout à coup, Aimery Jouvelle quitte Paris, sans presque avertir, sauf d'un bleu. Et Psyché Vannetty, lisant ce bleu-là, songe que six mois plus tôt, Aimery, quittant Paris pareillement, en avait écrit un autre, très différent, — et qu'il n'était pas parti seul...

D'auteur à lecteur, Aimery Jouvelle, cette fois, aurait difficilement pu prier Psyché Vannetty de l'accompagner, puisque c'est à Marseille qu'il va, — à Marseille, où la triomphante Aracœli débarquera dans deux jours. — Mais Psyché Vannetty n'en sait rien, et n'aura pas le temps d'en rien apprendre. Car elle-même, soudain, se décide à partir aussi. Paris, dès qu'Aimery n'y est plus, lui est insupportable. Une solitude odieuse s'est abattue sur elle, une solitude qu'aucune amie, qu'aucun ami ne lui peut adoucir. Une solitude qu'elle imagine ne pouvoir endurer qu'en compagnie de ses souvenirs heureux, qu'en compagnie des chers fantômes de ses nuits et de ses jours irrévocablement perdus, — morts... Une solitude qui la force de s'enfuir un soir vers cette gare d'Orsay, vers ce train de 9 h. 32, vers cette Bretagne et ce village mystérieux qui avaient été jadis les étapes de son voyage passionné et l'introduction à sa vie radieuse, — si brève.

C'est décembre. La neige couvre la terre et les nuages couvrent le ciel. La nuit, opaque, s'est attardée. Et le train qui emporte Psyché vient d'arriver à Sainte-Anne-des-Bois, et c'est à peine si l'aube point. Autour de la station campagnarde, les peupliers sans feuilles haussent tristement leurs squelettes ténus. Psyché descend, et frissonne dans la bise d'hiver. Il n'y a plus de printemps. Il n'y a plus de soleil. Il n'y a plus d'auto amenée tout exprès, pour accueillir la voyageuse. Psyché est seule, seule, seule. Il lui faut demander son chemin à l'employé, à l'homme d'équipe.

— Madame... c'est très loin, votre château !

Très loin ?... Qu'importe...

Elle marche dans le matin aigre. Et elle ne reconnaît pas la route, jadis parcourue si vite et si chaudement, à côté d'Aimery. D'autant que la neige, déjà épaisse, emmitoufle chaque haie, chaque touffe d'ajoncs, chaque bouquet d'arbres. Des flocons tournoient dans l'air avant de choir, sans bruit.

Psyché marche. Une lieue. Deux lieues. Trois lieues. Elle est très lasse. Elle a très froid. Mais elle s'en rend à peine compte. Elle a passé le petit bois clairsemé, les ruisseaux, invisibles sous leur linceul blanc, la forêt. Voici l'allée montueuse et ses grands chênes rigides. Voici le mur à échelons. Et la grille, — fermée.

Fermée, Psyché n'a pas prévu cela. Quel contretemps ! Il va falloir sonner, attendre, parlementer. Il va falloir voir des gens, être vue...

Elle s'y résout pourtant. Elle sonne. Elle appelle. Et, pour seule réponse, le silence.

Personne n'est là. Ni portier, ni jardinier. Rien. Et la grille est fermée. Et le mur, indéfini, s'allonge jusqu'on ne sait où, à droite et à gauche. Va-t-il falloir retourner, repartir, — vers la gare si lointaine, vers le train, vers Paris ?

Psyché ne veut pas. Et la voilà marchant au hasard, suivant l'enceinte, contournant le parc...

Hasard heureux : il y a une brèche à la

muraille. Une vieille brèche, obstruée de ronces et d'orties. Mais mal obstruée. Violemment, Psyché se jette au travers de l'obstacle, écartant, arrachant, piétinant. Et elle passe, les mains griffées, la robe lacérée. Qu'importe encore ! Elle est entrée. Entrée dans le parc.

Le château, maintenant. Où est le château ? Où est la terrasse ? et surtout la vieille tour ? la vieille tour où jadis entrait le soleil couchant ? la vieille tour où était le lit, le lit large et bas, avec sa courte-pointe de soie ancienne, pareille à un lac rose à l'heure suprême de la lumière ? Il faut trouver, trouver vite ; car, à présent, la neige redouble, et Psyché en sent le poids glacé sur ses épaules.

Ah ! enfin !... c'est la terrasse, qu'on découvre là-bas, à main gauche, par-dessus ces pins noirs... Et, plus près, surgissant tout à coup d'entre la ramure enchevêtrée des hêtres dépouillés, les ogives viennent d'apparaître, les ogives vides qui jadis encadraient des parcelles de ciel bleu. Au coin proche, la tour se hausse, la tour...

Mais elle est close, elle aussi. Et cette fois, point de brèche.

Alors, recrue de fatigue et glacée jusqu'à l'âme, Psyché Vannetty s'arrête, — et perd courage.

La porte basse est là ; et, derrière la porte, l'escalier tant souhaité et, au haut de l'escalier, la chambre pleine de brûlants souvenirs, la chambre encore bruissante des baisers donnés et reçus, des baisers inoubliés. Oh ! entrer dans tout ce bonheur à peine évanoui, et s'y réchauffer, et s'y reposer, et s'y endormir, — quelle joie ce serait, quel paradis ! Mais non. Les deux battants de bois dur sont là, verrouillés, inexorables. Et sur ce seuil interdit, il faut laisser toute espérance.

Deux marches de pierre précèdent la porte fermée. Psyché Vannetty machinalement s'y assied.

Et, tout de suite, un engourdissement très doux l'enveloppe et l'enlise. Il n'y a pas d'auvent au-dessus de la porte voûtée. La neige tombe verticale et dense.

Psyché s'endort, — s'endort tout à fait, — oublie...

Et la neige lui coud son suaire.

⁂

Telle était la fin de *Psyché*, dont j'ai gardé le plus précis souvenir, après quinze ans passés, depuis cette lecture que me fit Pierre Louÿs, une nuit, dans le cabinet de travail aux grandes bibliothèques qui fut son unique retraite de 1904 à 1925, et qu'on a détruit l'an dernier.

Je lui avais dit alors : « Mais le livre est fini ! » Et lui de me répondre : « Pas encore, pas encore... Il me reste des choses à faire, d'autres choses à refaire... le départ d'Aracœli... son retour... »

Et, pour couper court, il me jeta quelques-unes de ces fausses raisons sous lesquelles il se dissimulait à lui-même l'hésitation profonde qui le retenait, à l'instant d'entamer la publication de ce grand livre, le livre de son âme.

— Voyez-vous, c'est un livre qui a trop attendu. Je l'ai commencé en 1906. Mais c'est en 1900 ou en 1901 que je l'ai conçu. Et j'ai eu tort de l'habiller en roman moderne contemporain. Aujourd'hui, il date.

(Aujourd'hui, c'était 1912.)

Il insistait :

— Songez-y : est-ce que les femmes d'à présent portent des corsets ? est-ce qu'on a besoin de les dégrafer ? est-ce qu'on charge une auto sur un train, pour aller de Paris en Bretagne ? Et puis, ce château de la Belle au Bois Dormant... est-ce qu'on a le droit de parler d'un Château de la Belle au Bois Dormant, après que Loti, sous ce titre même, a écrit le chef-d'œuvre que vous savez ?

Rien de cela, certes, n'était sérieux.

Il n'importe pas beaucoup qu'un livre daté date. Il serait même singulièrement malaisé qu'il en fût autrement. Et quant au titre de Pierre Loti, Pierre Loti lui-même, le plus probe et le plus scrupuleux des grands génies, ne l'avait-il pas tout loyalement pris à Perrault ? Alors ?...

— Alors — me disait quelque temps après Thierry Sandre, — alors, jamais *Psyché* ne paraîtra.

— Mais pourquoi ? Ce ne sont pas les prétextes qu'il nous donne, ou plutôt qu'il se donne à soi...

— Non, évidemment.

— Eh bien ?

— Eh bien ! le livre est trop intime...

Qui de nous, romanciers, n'a pas un jour écrit telles ou telles pages « trop intimes », et puis ne les a pas déchirées ? Il est heureux pour le patrimoine de la France que Pierre Louÿs, reculant devant un geste qui l'a tenté peut-être, n'ait point détruit *Psyché*. Ce qui nous en manque encore, ce que j'ai eu l'audace d'essayer de résumer ici, sera sans doute retrouvé tôt ou tard. Mais telle quelle, et mutilée, cette grande œuvre, qui nous révèle sous un jour nouveau et imprévu son auteur, s'apparente à d'autres livres inachevés, qui ne sont pas les moins parfaits de notre littérature, et qu'on a comparés quelquefois à ces temples d'il y a deux mille ans, dont nous n'avons que des fragments, augustes.

CLAUDE FARRÈRE.

Etchebiague, juillet-août 1927.

FIN

TABLE

PREMIÈRE PARTIE

DEUXIÈME PARTIE

TROISIÈME PARTIE

« Bibliothèque Albin Michel » au format de poche :

1. Jacques Chardonne — *L'Épithalame*
2. Thomas Mann — *Les Têtes interverties*
3. Henri Béraud — *Le Vitriol de lune*
4. Guy de Maupassant — *Contes choisis*
5. Octave Mirbeau — *L'Abbé Jules*
6. Benjamin Péret — *Anthologie de l'Amour sublime*
7. Rainer Maria Rilke — *Correspondance avec Marie de la Tour et Taxis*
8. Henry James — *Confiance*
9. John Fowles — *La Tour d'ébène*
10. Irène Némirovsky — *Les Chiens et les Loups*
11. Vasco Pratolini — *Chronique des pauvres amants*
12. Friedrich Dürrenmatt — *Grec cherche Grecque*
13. Roger Vercel — *Capitaine Conan*
14. Tove Jansson — *Le Livre d'un été*
15. Yasunari Kawabata — *Tristesse et beauté*
16. Erskine Caldwell — *Miss Mamma Aimée*
17. Irène Némirovsky — *Le Vin de solitude*
18. Friedrich Dürrenmatt — *La Ville*
19. Benjamin Péret — *Anthologie des mythes, légendes et contes d'Amérique*
20. Thomas Mann — *Déception et autres nouvelles* suivi de *Fiorenza*
21. Thomas Hardy — *Jude l'Obscur*
22. Slawomir Mrozek — *Tango*
23. Primo Levi — *Le Système périodique*
24. Roland Dorgelès — *Bouquet de Bohème*
25. Friedrich Dürrenmatt — *La Promesse*
26. Marcel Brion — *Contes fantastiques*
27. Machado de Assis — *Dom Casmurro*
28. Francis Carco — *L'Équipe*
29. Rumer Godden — *Le Fleuve*
30. Adrienne Monnier — *Rue de l'Odéon*
31. Joë Bousquet — *Le Meneur de lune*
32. Adolf Rudnicki — *Têtes polonaises*
33. Marcel Schneider — *Les Deux Miroirs*
34. Sinclair Lewis — *Le Lac qui rêve*
35. Jean Lorrain — *Maison pour dames*
36. Nikos Athanassiadis — *Une jeune fille nue*
37. Maxence Van der Meersch — *Quand les sirènes se taisent*
38. Andreï Platonov — *La Mer de Jouvence*
39. Alphonse Allais — *Comment on fait les bonnes maisons*
40. Pierre Louÿs — *Psyché*
41. Cholem Aleichem — *Un violon sur le toit (Tèvié le laitier)*

La reproduction photomécanique,
l'impression et le brochage
de cet ouvrage ont été réalisés
par l'Imprimerie Pollina à Luçon
pour les Éditions Albin Michel
en avril 1990
N° d'édition 11143. N° d'impression 12337
Dépôt légal mai 1990